講談社文庫

ディプロトドンティア・マクロプス

我孫子武丸

目次

ディプロトドンティア・マクロプス

1

待っていた依頼人だと思ってドアを開けたのがその日最初の間違いだった。男は『日本探偵互助協会京都支部長　金城正夫』と書かれた名刺を押しつけながら私の事務所にずかずかと入ってくると、品定めをするように見回した後、私のデスクに商品を広げ始めたのだった。いわく、〝高性能〟マイクロテープレコーダー、〝超指向性〟ガンマイクにコンクリートマイク、ライター型カメラ、超小型盗聴器及び盗聴器発見機、等々。男は四十半ば頃のように見えたが、せかせかとした歩き方やしゃべり方は、あふれるエネルギーを持て余している十代の若者のようだった。

私は呆気にとられたまま、口を差し挟むこともできないでいた。ようやく我に返って椅子に座ることを思いついたときにはすでに、男が入ってきてから十分が過ぎていた。男は私が腰を据えて話を聞くつもりだと思ったらしく、ますます調子に乗ってさらに十分喋った。

「おたく、今どんなテープレコーダー使ってます？　録音できるウォークマン？　でもあれじゃ、こんな普通の会話でもすごく聞き取りにくいでしょう。その点これはいいよ。断然音が違う。ちょっと聴いてみて」

男がスイッチを押すと、今の言葉を機械が繰り返す。軽薄で信用できないその口調が見事に再現されていた。

「どう？　すごくいい音でしょ？　電話の録音だって、何言ってんだか分からないなんてこと、絶対ないんだから」

確かに音は悪くないが、私はもともとテープレコーダーをあまり活用していないので、男にそう言った。すると男は勝ち誇ったように私の顔を見おろして、「そりゃ駄目ですよ！　テープレコーダー、ビデオ、発信機。同業者はみんな最新の装備をフルに活用してるってのに、それじゃ駄目ですよ。それじゃ駄目だ。ね？　依頼人だって満足しないでしょう。ここに持ってきたのは、最低限のセットなんです。ご要望があれば、暗視ゴーグル、カーハンターなんかも取り扱ってますけど、最低これくらいは持ってなきゃ、今の世の中やってけないでしょう」と言った。

救世主が突然ドアから入ってきてこの窮地から助け出してくれないものかと、男の背後のドアに視線を漂わせた。……駄目だ。彼は今忙しいようだった。

「だからね、月々たったの、二万でいいんだ。たったの、二万だよ」男はVサインのように指を二本突きだし、「たったの」というところを何度も強調しながら繰り返した。

「……二万を、何ヵ月？」

知りたくもない質問をするのは、私の悪い癖(くせ)だ。

「んん……そりゃまあ、ね。これだけの品物だから、そう……二十四ヵ月払いってことになるかな。ボーナス払いはなしで」

「四十八万」私は感情を表さないように努力しながら呟(つぶや)いたが、成功しなかったようだ。男は私の言葉をさえぎるように喋り続けた。

「決して高い買い物じゃないと思うよ。考えてもみてよ。月々二万で、仕事は三倍は楽になる。つまり今の三倍仕事ができる、収入は三倍になる。どう、これでも高いと思う？」

ゼロの三倍はゼロだと思ったが、もちろんそんなことは口に出さなかった。

「残念ですが、とてもそんな余裕はありませんね」

「んん……分かった。じゃ、こうしよう。月一万！　一万なら出せるでしょう。たった一万の投資で、これがぜーんぶおたくのものになるんだから。一月(ひとつき)使ってみたら、絶対手放せなくなるよ」

「一万を……四十八ヵ月？」また知りたくないことを訊(き)いた。

「んん……ま、五十カ月ってとこかな。利子がちょっとつくからね。でも大したことない。四十八ヵ月も五十ヵ月も同じようなもんでしょ、違う？　どっちみちその頃にはおたく、大金持ちになってるはずだからね」

　私は一度振り向いて窓の外の降りしきる雨を見つめ、大きく深呼吸をしてから男をにらみつけた。

「……申し訳ないが、やはり私には必要なさそうだ。たとえ買うつもりがあったとしても、得体(えたい)の知れない押し売りからは絶対に買わない」

　男は動じなかった。

「あははは。そりゃわたしは怪しい者に見えるかもしれないけど、商品はちゃんとしたもんですよ。保証書だってもちろんつけます。今回は互助協会の特別奨励商品ってことでこの値段で提供できますけど、自分で買い揃(そろ)えたら百万近くするんですよ。五割以下です。五割以下ですよ！」

　日本探偵互助協会がどんな団体なのか気になった。探偵に物を売りつけるだけでは、商売にならないだろう。質問を我慢するのは一苦労だった。

「投資はしたものの、依頼人が来なきゃ意味がない、そう思ってるんでしょ？　ご安心ください。このセットをお買いあげいただいた方には、互助協会推薦シールを差し上げています」

「シール？」余りにも意外な言葉に、私はつい聞き返していた。しまったと思ったときはもう遅く、男は我が意を得たりとばかりに微笑(ほほえ)んでいた。

「シールです。ドアの外に、貼ってください」男はそう言って、背広の内ポケットからさも大事そうに楕円形のシールを取り出した。印鑑のような厳めしい字体で『日本探偵互助協会推薦』と書いてある。NHKのシールに似ていた。

「ドアだけじゃ目立たない、そう思われる方には各種看板もご用意させてもらってます。……ここの看板。ありゃ駄目ですよ。犬猫病院の看板ばっかり目立って全然見えやしない。わたしもね、前を通っても気がつかなくって、さんざんうろうろしましたよ。この際ちょっと奮発して照明看板にしてみちゃどうです？　もちろん互助協会推薦って文字を横に入れてね」

「看板はいらない。シールもいらないし、互助協会の推薦とやらもいらない。もちろん、『ひみつ探偵セット』もいらない。――そろそろ客が来る頃なんでね、お引きとりください」

男はふふんと鼻で笑うと立ち上がり、商品を宝石ででもあるかのように、さも大事そうにしまい始めた。

「そうですか？　ま、今日のところは帰りましょう。名刺は置いていきますんで、気が変わったら、電話してみてください」

男は重そうなケースをよいしょと声をかけて持ち上げると、最後に私の事務所をもう一度見回し、そして鼻を鳴らした。不満と、同情と、苛立ちを同時に表した、絶妙な鼻の鳴らし方だった。

男が事務所のドアを開けて出ていくと私は名刺を取り上げ、破いた。重ねてもう一度破いてから、くずかごへ捨てた。腹立ちは消えなかった。

戻って来るという予感があったのだろう、ノックの音がした途端、私は珍しく怒鳴り声をあげていた。「いらないと言ってるだろう！　帰れ！」

口をつぐんだような沈黙に、私は自分が今日二度目の間違いを犯したことに気づいた。慌(あわ)てて立ち上がると飛ぶように駆け寄り、ドアを開いた。

途方に暮れた様子の女性がそこに立っていた。かかとの低いパンプス、プリーツスカートに薄手のセーターという格好は、秋らしくすべて茶系統でまとめられていたが、青すぎる表情がコーディネイトを乱していた。私は二十四、五歳だろうと見当をつけたが、もちろん自信はまるでない。

「失礼、セールスマンかと思ったもので。……二谷(にたに)……二谷久美子(くみこ)さんですね？」私が尋ねると彼女は怯えたようにうなずいた。

「お待ちしていました。お入りください」

私がドアを大きく開け、忘れかけていた笑みを浮かべると、ようやく彼女は決死の覚悟を決めたように事務所へ足を踏み入れた。すきは見せない、とでも言いたげな表情でゆっくりとあたりを見回す。私は何も言わず一緒に彼女の視線をたどった。

八畳ほどの狭い事務所。スチールロッカーが二つ。客用の椅子が二脚。私のデスクと椅子。

壁には賞状も処世訓もなく、ほとんど書き込みもないカレンダーと、駅のホーム以外似合う場所はなさそうな無味乾燥な時計がかかっているきりだ。繁盛しているように見えないのは承知していたが、掃除だけは毎日自分でしていた。掃除をするのに時間はかからなかったし、どのみち時間だけはいつもたっぷりあった。

ようやく品定めが終わったのか、二谷久美子は少しばつが悪そうに私を見上げる。私が手振りと視線で椅子を勧めると彼女はおそるおそる腰を下ろした。

デスクを回って自分の椅子に収まると、私は電話横のメモを見ながら話しかけた。

「家出人を捜してほしい、ということでしたね」

「……はい。いえ、家出じゃありません……その、多分、違うと思います」彼女は混乱した様子でぶつぶつと呟くように言った。

「いなくなったのは、どなたですか」

「父です。失踪して、もう一ヵ月以上経ちます」

「……お父さんは、おいくつです？」

「五十九です」彼女は言葉を切って、挑戦するように私をにらみ返した。「ぼけたりなんかはしていません」

「そういう意味で訊ねたのではありません」

「……ごめんなさい。警察の人達に、いろいろ言われたものですから」

彼女は恥じ入ったように視線を床に落とした。

私は黙って頷いた。いい年をした男が家出をしたとなると、真っ先に思いつく理由は愛人だ。警察もそう考えたことだろう。本当にそんなものがいたにせよいなかったにせよ、家族にとってはひどく不快な取り調べだったに違いない。そしてもちろんその後に行われた捜査――そう呼べるものを行なっていたとして――は何の実も結ばなかったのだ。

「お引き受けするとしたら、私も色々嫌な質問をすることになるかと思いますが」

「……分かっています」

私は再び頷く(うなず)と、料金を例を挙げて表にした物を見せながら、電話ですでにした料金システムの説明を繰り返した。一日八時間が基本で四万円。必要経費は別だが、領収書がない場合もあるということ。それが高額の場合は事前に了解を取るようにすること。機器を使ったからといってさらに経費を要求したりはしないが、どうしても人を雇(やと)わなければならない場合は一人につき一日二万円程度かかること。前金は一週間分だが、いつでも打ち切ることができ、残金は返却すること。そしてもちろん、調査に成功の保証はないこと。

普通ここで、多くの客が身構える。料金システムのどこかに落とし穴があると思うのだ。二谷久美子は話の間中ずっと、私の目だけをじっと見つめていて、説明を聞いていないように見えた。私は一通り説明し終わると、訊ねた。「どうです？　信用できそうですか？」

彼女は一瞬ぽかんとしたような顔を見せ、すぐに頬を赤く染め、やがて吹き出した。その笑いが、緊張という名の空気でぱんぱんに膨らんだ風船に穴を開けたようだった。肩の力だけでなく、全身の、そして顔の筋肉からも力が抜けていくのが分かった。彼女は半ば自嘲気味に、しかしリラックスした口調で言った。

「……やっぱりそんなの、分かりませんね。もともと人を見る目なんて、ないんです。――そういえば以前、河原町の路上で高い化粧品を買ってしまったことがありました。説明を聞いていると、信用できそうな人に見えたものですから。しばらくして物が送られてきたときには返却しようと思ったんですが、できないことになってるって言われてあきらめたんです。でも後で聞いた話じゃ、絶対そんなことはないんですってね。何日以内かなら契約を無効にできるって」

「〝クーリング・オフ〟ですね」私は微笑みながら口を挟んでいた。

「え？　あ、そう、そうです。〝クーリング・オフ〟です」彼女は何度も頷きながら言った。

「……そう。〝クーリング・オフ〟だったわね」

そして、若気の至りだったとでも言いたげに、くすりと笑ってみせる。

「引き受けて、いただけますか？」

私ははっきりと頷いて、デスクの引き出しから調査依頼書を取り出した。

「これに、必要事項を書き込んでください」

これが、十月に入って最初の依頼だった。十月三十日日曜日午後三時三十一分、時雨(しぐれ)の降りしきる肌寒い午後のことだった。

2

二谷久美子は現金を持参してきていたので、調査はさっそく明日から取りかかると約束して送り出した。

三人乗ったら上へは動かないのではと思われるエレベーターに乗せ、ドアが閉まるのを見届けて事務所へと戻った。椅子に腰掛けると、手提げ金庫を開いてさっき数えたばかりの一万円札の束を見つめた。二十八枚。一万円札はさっき彼女から受け取った分しかなく、残りはすべてあわせても五千円に満たないだろう。

まじまじと見ているうちに安堵（あんど）が――そしてすぐに苦々しい思いが押し寄せた。この程度の金をこれほどありがたく思うようになるとは。帝都（ていと）リサーチにいた頃は一日の報酬としてこれだけもらったことさえあった。それが――

ノックの音がしたので、私は慌てて金庫の蓋（ふた）を閉じた。二谷久美子の気が変わって金を取り戻しにきたのだろうかと考え、暗い気分になった。

「はい」

ドアがそっと開いたが、私が見つめていたあたりに人の顔はなかった。顔があったのはノブのあたりで、しかもそれは人間の顔ですらなかった。真っ白な毛が顔中を覆い、目がどこにあるかも分からない犬の顔だ。一瞬、犬が立ち上がってドアを開けたのかと思ったが、すぐにその犬が宙に浮いていて、下からジーンズを穿いた足が覗いていることに気がついた。子供が巨大な犬を抱きかかえているのだった。

子供が犬の陰からこちらを窺うように顔を覗かせたので、それがしかめっつらをした女の子であることが分かった。十歳に満たないのではないかと思ったが、子供の年は当たったためしがないのでやはり自信はなかった。

「病院はここじゃないよ。向かい側」私は指さしながら言った。

少女はゆっくりと首を横に振り、去ろうとはしなかった。

「犬猫病院に来たんだろ？」そう問うと、少女はしかめっつらのまま頷く。「なら、向かいのドアが――」

「病院は先に行ったわ。注射を打ったからもう心配ないって」地元の子供ではないのか、関西のアクセントはなかった。

「……あ、そう。じゃ、帰り道が分からなくなったのか？」そんなはずはないと思いながら訊き返す。この狭い雑居ビルの廊下からは、エレベーターも階段も見失うようなことはないはずだからだ。

またしても少女はゆっくりと首を振った。私の物わかりの悪さを非難しているように見えた。

彼女は中に入って犬を床に下ろすと、ドアを閉めて私の事務所を見回した。その様子はまるで、先ほどの二谷久美子をそのまま小さくしたみたいだった。嫌な予感がした。

「おじさん、ほんとに探偵？」

犬が靴の臭いを嗅ぎに来たので、マーキングされるのではないかとひやひやしていた私は、答えるのが遅れた。

「え？　ああ、そうだよ。獣医じゃない。——すまないが、犬を捕まえといてくれないか。おじさん、苦手なんだ」

「サムは咬まないわ」

「咬まなくても、苦手なんだ。嫌な思い出があってね」嘘じゃなかった。私はしばらく前に犬にはひどい目に会っていたのだ。

「ふうん……。サム！」少女が呼ぶと、犬は名残惜しそうに私の靴を振り返りながら彼女の元へのそのそと戻り、前足を抱えるようにして腹這いになった。私は少し安心してもう一度サムの主人を観察した。デニムのオーバーオールに黄色いヨットパーカを羽織り、三つ編みにした長い二本の髪を前に垂らしている。太りすぎずやせすぎず、まあ可愛いと言っていい顔立ちで、仏頂面さえしていなければ子供向け料理番組のホステスだってつとまりそうな少女だった。

「これ」少女はオーバーオールの胸ポケットから白い封筒を取り出すと、デスクに近寄り、教師に給食費でも渡すみたいに突き出した。ちらりと表に視線を走らせると「紹介状」と書いてあったので、私は自分が教師ではないことを思いだし、それを受け取った。視線で問うように見返したが、少女は顎をしゃくって中を見るように促すだけだ。私は仕方なく中を開いて紙切れを取り出した。

それは文字どおり紙切れだった。システム手帳のルーズリーフを、ちゃんとはずす手間も惜しんで引きちぎった物に、「依頼人を紹介してやる　仲介料は三割でいい　沢田」とミミズがのたくったような字で走り書きがしてあった。

「あの野郎」私は少女に聞こえないように毒づき、二枚のドアを隔てた向こう側にいるはずの男を念力で殺せないものかとにらみつけた。悪質ないたずらだった。悪ガキが女の子の靴の中にカエルを入れる代わりに、あいつは私の事務所に子供を放り込んだのだ。

「先生が言ったわ」少女はデルファイの神託を告げる巫女のように言ってのけた。

「先生？」私はできの悪い生徒のように聞き返した。

「沢田先生よ。先生が言ったの。あいつは信用できるって。あいつってのはおじさんのことよ」

沢田がそんなことを言うはずはないと思ったが、私は黙っていた。

「だからここへ来たの」

いつの間にか少女は目の前の椅子にちょこんと腰掛けていた。

「……悪いけど、今忙しくてね。相手をしてられないんだ。そう、今度またトムを――」

「サムよ」彼女はすばやく訂正した。

「ん？　ああ、サムね。今度またサムを連れて来たときにもし暇だったら、その時に――」

「当分連れてこないわ。先生の注射が効けばね」

私はしばらく黙って、少女の仏頂面を見つめた。彼女が見ていた私の顔も、多分似たような表情を浮かべていたことだろう。

「……そうか。じゃ、しょうがない。さっきも言ったように、おじさんは今忙しくて、君の相手をしてる暇はないんだ。悪いね」

セールスマンを追い返すのと同じきっぱりとした口調で最後通牒を言い渡したつもりだった。しかし少女は椅子から立とうともせず、顔をさらにしかめてみせただけだった。

「先生は、あいつはいつも暇だから大丈夫って言ってたわ」

その件については事実だから沢田を責めることはできない。もっとも、他にあいつを責める理由の十や二十は今すぐ並べ立てられるのだが。

「暇なこともあるけど、今は忙しいんだ。分かるだろ？」

「……いつも暇だって。絶対大丈夫だって言ってたもん」少女は声を震わせながら繰り返した。危険な兆候だった。おまけにサムはいつでも飛びかかれるような格好で、私をにらみつけながら低くうなっていた。

私はここで毅然たる態度をとって、少女と犬を追い出すべきだった。しかし私はそうせず、この日三度目の間違いを犯しただけだった。

「分かった。何か私にできることだったら、してあげよう」私は仕方なくそう言った。仏頂面が、ほんの少しほころんだような気がした。サムは再び腹這いの姿勢に戻ってくつろいでいるように見えた。

「ほんと？……お友達を、探してほしいの。いなくなっちゃったの」

「へえ……いつ？」私は窓の外に目をやり、雨が上がり始めていることに気がついた。晴れ間が訪れるのとこの子供から解放されるのと、どっちが早いだろうかと考えていた。

「先週の日曜日よ。会いに行ったら、いなくなってたの。……ねえ、聴いてる？」

「ああ、聴いてるとも。……それで、いなくなったとかいうそのお友達の、お父さんとかお母さんは？」

まずい質問だったようだ。少女は目を悲しげに伏せ、首を振った。「……いないの。マチルダさんは、一人で日本に来たのよ。オーストラリアから」

「オーストラリア……日本人じゃないのか？」私の質問に、彼女はこくりと頷く。「一人で来たってことは、もう大人なのか？　君と同じくらいの年か？」

彼女はしばらく真剣に考えているようだったが、やがて慎重に言葉を選んでいる様子で答えた。「大人よ。赤ちゃんもいたもの」

赤ん坊のいる外国人女性と小学生がなぜ〝友達〟なのだろうという当然の疑問がわいた。

「マチルダさんとはどうやって知り合ったの？」

「動物園で会ったの。言わなかった？　京都駅の南に新しくできた動物園でね、すっごくきれいなの。イルカの水槽もあるのよ」

「動物園？」私の頭の中で警戒信号が最大音量で鳴り響いていた。これ以上深入りしてはいけないと分かっていた。動物園……オーストラリアから来たマチルダさん……。私は『二十の扉』という古いクイズを思い出していた。

「……マチルダさんって、コアラじゃないだろうね」私は頬をひきつらせながら言った。

少女は驚いたように顔を上げて答えた。

「違うわ！　コアラですって？　カンガルーよ！　すっごく素敵なカンガルーなんだから！」

素敵なカンガルー。

「なるほど」私は半ば放心しながら言った。

「素敵なカンガルーね」

少女は初めて微笑みらしきものを浮かべた。

「そう。とっても素敵なカンガルーなの。お願い。早く見つけてちょうだい」

少しずつ衝撃から立ち直ると、私は言葉を選びながら言った。

「動物園のカンガルーなんだろ？　死んだのかもしれない。よその動物園に行ったのかもしれない。どうしても知りたいなら、飼育係の人にでも訊いてみなさい」

「訊いたわ！　昨日訊いてみたわ！」

「ほう。何て言ってた？」

少女はうつむいて、答えるのをためらっているようだった。

「何て言ってたんだ？」

「……そんなカンガルーははじめからいないって。マチルダさんなんか知らないって言うのよ」

3

奇妙な話だった。暇でもなく、子供好きでもない私は少女の話など身を入れて聴くつもりなどなかったはずだったが、このおかしな話には無視できない磁力のようなものを感じていた。

子供はよく空想と現実の見境がつかなくなると言う。この少女もまた、お気に入りの人形に名前をつけるようにカンガルーに〝マチルダ〟という名前をつけ、空想の世界で友達になっていただけなのかもしれない。そもそもこの話全体が、彼女の妄想でないという保証はどこにもなかった。

私が何と答えようか逡巡していると、控えめなノックの音がした。一日四人の訪問者は開業以来の新記録かもしれない——たとえまともな依頼人はその中のたった一人だったとしても。「どうぞ」

ドアがそっと開かれ、女性の頭が突き出された。

「あの……すみません。うちの娘が……咲ちゃん!」少女を見つけるなり視線がきつくなる。

「こんなところで何してるの！　さ、もう帰るわよ」母親らしきその若い女性はひょこひょこと飛ぶように入ってくると、少女の腕を摑んで引っ張った。

「だって！　マチルダさんのこと探してくれるって――」少女は椅子から立ち上がりながらも、綱引きのように腰を落として抵抗する。ヒールの高い靴でこの少女に勝つのは難しいのではないだろうかと私は思った。

「まだそんな馬鹿なこと言ってるの！　……すいません。ご迷惑をかけたんじゃなければいいんですけど」

「いいや、迷惑なんてことは……」私はつい心にもないことを言ったが、彼女は忙しくて聞いていないようだった。

「やだ！　ママ、やめて！　サム！　いやあ！」

「さ、早く来なさい！　サム！　あんたも来るのよ」犬は二人の主人のどちらにつこうかと迷っているようだった。「サム！　早く出なさい！　サム・スペード！」

犬は恐ろしいスピードでドアを飛び出した。私は五秒ほどしてようやく言葉を取り戻すと
「犬にしては変わった名前ですね」と、かろうじて言った。

「……そう……でしょう？　娘が……つけたんですよ。どうしてもこれがいいって。……さ、帰る……わ……よ」彼女は歯を食いしばっていたので、最後の方は聞き取りにくかった。少女はすべりやすいリノリウムの床をずるずるとひきずっていかれたが、入り口で壁に足を踏

ん張って抵抗した。

「探偵さん！　お願い、マチルダさんを見つけて！　お願い！」

「まだそんなこと言ってるの！　もう……いい加減にしなさい！」

足場を見つけた以上、引っ張るだけで連れ出すのはほとんど不可能だった。しかし母親はきれいに化粧した顔を真っ赤に染め、ソロモン王に母親の証を立てようとでもしているみたいに死にものぐるいで少女の腕を引っ張っていた。少女は振り返り、訴えかけるように私を見た。

私は反射的に頷き、この日四度目の、そして最低最悪の間違いを犯していた。「分かった。何とかしてやるから、今日は帰りなさい」

少女の顔がぱっと明るくなった。少女が力を抜いたせいか、一瞬後、二人はドアの向こうに飛び出していた。ハイヒールがたたらを踏む音が響いてくるが、幸い向こう側のドアに激突はしなかったようだ。

ちょっとした沈黙の後、ドアから母親が、次いでその下の方から娘が覗き込んだ。母親はすっかり疲れ切った様子で息を切らし、娘は満面に笑みを浮かべて。

「どうも、失礼いたしました……」「じゃ、よろしくね」

二人は同時に喋った。母親は頭を下げながら、娘は手を振りながら。

ドアが閉まる寸前、サム・スペードがウォンと一声吠えた。私にさよならを言ったのかもしれなかった。

唐突に訪れた静寂を私はしばしかみしめた。懐かしいような気もしたし、ほんの少し取り残されたような気もした。

ぐるりと椅子を回して立ち上がると、窓から下を見おろした。雨はすっかり上がっていて、事務所前の狭い道路にも陽だまりがあちこちにできている。やがてビルから出てきた親娘と白い犬が、路上に駐車していた青い軽自動車に乗り込んだ。私は車が東へ動きだし、烏丸通りに出て北へ曲がっていくまでじっと見送っていた。

カンガルーの捜索をさせるために、あの親娘が私の前で迫真の演技をしていたなどということはありうるだろうか?

まさか。いくらなんでも考えすぎだ。それに、大人は子供に嘘をつくものと決まっている。大人の「分かった」という言葉を文字どおりに受け取ってはいけないことくらい、さっきのようなはしこい少女はもう理解しているはずだし、もし理解できていないのならここらで学んでおくべきだろう。

私はもちろんカンガルーなど探しに行くつもりはなかった。さっきのはただの大人の方便だ。ああ言わなければあの母親が脳溢血で倒れるか、娘の腕がちぎれるかしていただろうと思ったから助け船を出したに過ぎない。どのみち私は動物は嫌いだし、それ以上に子供も嫌いだった。犬探し、猫探しももう引き受けるのをやめたというのに、何でまたカンガルーなんか探さなければいけないと言うのか。絶対にごめんだ。

　それにもちろん、私は大事な依頼を一つ引き受けたばかりだった。こちらはれっきとした人探しで、前払い金までもらっている、きちんとした依頼だ。わがままなガキのおねだりとはわけが違う。

　私は窓を開け、雨上がりの古都の空気をゆっくりと嗅(か)いだ。ゴム長で水たまりを勢いよく踏んでふざけている子供が眼下に見えた。水をはねかけられたもう一人の子供は畳(たた)んだ傘でフェンシングのように突きかかる。けたたましい嬌声(きょうせい)がビルの谷間に響いた。動物園に最後に行ったのは、多分あのくらいの年頃だった。

　振り向いて壁の時計を見ると、四時になろうとしていた。動物園は五時くらいまでだろう。もちろん私には何の関係もないことだが。

　二谷久美子の依頼には明日から取りかかると約束したのだし、これから五人目の客が来て、出たばかりの新記録をさらに更新するとは考えられなかったので、今日はもうここにいる必要はないのではないかと思った。

　私は一万円札を数枚ポケットにねじ込んで金庫の蓋(ふた)を閉め、椅子の背にかけておいたコートを取り上げて事務所を出た。ドアに鍵をかけると、向かいの『沢田犬猫病院』の受付窓口のガラスをコンコンと叩き、声をかけた。

「亮子(りょうこ)ちゃん？」

中にいた溝口(みぞぐち)亮子はガラス戸を開けて私を見ると、下ネタのジョークでも聞かされたようないつもの笑みを浮かべた。「ああ……お出かけですね。行ってらっしゃい」

「じゃ……よろしく」私は奥の沢田に聞こえないように言い、エレベーターに向かった。

溝口亮子はこの犬猫病院のアルバイトなのだが、雇い主の沢田には内緒(ないしょ)で事務所の留守も見てもらっている。さほど気をつけていなくても私の事務所に人が来れば彼女にはすぐ分かるから、名前と用件を聞いておいてもらうのだ。以前彼女の依頼を引き受けたことを未だに感謝してくれているらしいので、それに甘えているようなわけだった。私にはとても彼女が喜ぶほどのバイト代を払ってやる余裕はなかったから、そのうち沢田の弱みを握ったら教えてやると約束していた。労使交渉に役立つだろうし、うまくいけば病院を乗っ取れるかもしれないからね、と私が言うと、彼女は半分本気にした様子だった。

がたつくエレベーターで一階に降りると、郵便受けを覗いた。中に入っていたのは宅配ピザとテレクラのチラシだったので、そのままにして外へ出る。

西日が雨上がりの街をノスタルジックなオレンジ色に染めあげていた。風はなく、コートの必要はないようだった。

私はちょっと立ち止まって考え、そしてため息をついた。ビル前の路上に停めてあった自分の車に乗り込むと、動物園に向けて走らせた。

4

京都の中心部と言っていい私の事務所のあたりからだと、ずっと南の京都駅まで車で十五分程度かかるのが普通だ。しかし秋の京都、それも雨の日曜日となると烏丸通りの混み方も当然ひどくなる。おまけに少女の言う新しくできたという動物園の場所も私は正確には知らなかった。

新聞やテレビで情報だけは見聞きしていた。大阪で大きな水族館が評判を呼んだり、エコロジーブームと関係があるのかイルカやクジラがブームにもなった。ペットは犬猫はもちろん爬虫類(はちゅうるい)から金魚、熱帯魚など全般に人気が高い。そういったところに目をつけたのだろう、旧来の動物園を〝大人のスポット〟に生まれ変わらせようというのが、この『ノアズ・アーク』のコンセプトらしい。ワシントン条約で保護されていないほとんどの動物を取り扱うと豪語するペットショップがあるかと思うと、アクセサリー、Tシャツ、ぬいぐるみに写真集といったアニマルグッズももちろん売っている。そして動物達を見下ろしながら飲み食いの出来るレストランにバー。

四十分以上もかかってたどりついてみて、急ぐ必要などなかったことを知った。夜九時まで営業していたのだ。大人のスポットにしたいのなら、当然のことだった。

地下駐車場は、ガラガラだった。さっきまで雨が降っていたからか、これから混むのか、それとももうすでに飽きられ始めているのか、私には分からなかった。

エレベーターの扉は厚みのある一枚板でできているように見えた。中に乗り込んでさらに驚いた。ボタンやパネルまでがすべて木で出来ているらしいのだ。階数を表示するのはランプではなく昔風の針が動くタイプで、それももちろん木だった。そのエレベーターで一階に上がると、ボーイスカウトのような制服に身を固めた若い男女が窓口で待ち受けていた。

「いらっしゃいませ」

入場料は千五百円。ただの動物園と考えるならもちろん高い。市立動物園の方なら、今でもせいぜい三百円というところだろう。そもそも動物を檻に入れて眺めて楽しむという考えが私には分からなかったから、三百円だろうが千五百円だろうが、わざわざ金を出してこんなところへ来る奴の気が知れなかった。これがまともな依頼なら経費になるはずの金だが、とてもあの少女に経費にしろ調査費用にしろ払ってもらえるはずもない。

私は断腸の思いで一万円札を出し、パンフレットと一緒にチケットの半券と釣りをもらった。パンフレットの表には英語で『ファンタスティック・ズー・フォー・アダルト』と書いてある。私は逃げだしたくなった。

そろそろ四十に手の届こうという男が一人でこんなところへやって来たのを不審に思っていたとしても、窓口の従業員はそんな表情は少しも見せず、「ごゆっくり、どうぞ」と言っただけだった。

長居をするつもりはなかったから、カンガルーがどこにいるか、もらったパンフレットをその場で開いて確かめた。

「ノアズ・アーク」はロの字に立てられた四階建てのビル部分と、それに囲まれた広い中庭から成り立っていた。パンフレットの説明によれば、ビルは「ノアの方舟」を模してあらしく、名前もそこから取ったのだという。インディ・ジョーンズが見つけたアークは長持のような箱だったはずだが、方舟という意味もあったようだ。またひとつ賢くなった。

カンガルーは南側の棟の中、二階にいるらしいことが幼稚にデフォルメされたイラストから分かった。窓口は北棟にあったので、私は中庭を通り抜けて行くことに決めた。どうやら、屋内で飼える動物はなるべく屋内でという方針で建てられているらしく、ジャングルの中の迷路を行く間、見る動物は象やキリンなどの大きな動物ばかりだった。柵や檻は巧みにカモフラージュされていて、動物園の中だと意識させない作りになっている。

何羽か自由に飛び回らせているらしい原色の鳥が頭上を飛び、陸地の存在を教えるかのように奇妙な鳴き声を上げた。それに続いてどこからか猿達の叫びが夕闇にこだますると、一瞬背筋がぞくりとした。この動物達がうようよといるジャングルからもし出られなくなったらと考えたのだ。不意に、足元の敷石の両端に点々と明かりが灯った。暗くなっても全体を明るくはせず、夜のジャングルを楽しめということのようだ。私はとてもそんな気になどなれなかったから、明かりを見つめながら足を速めた。

他の客も従業員も誰一人見かけることなくジャングルを抜け、南棟にたどり着いた。私はしばしその前で立ち止まり、こんなところへ何をしに来たのだろうと考えねばならなかった。そう、カンガルーだ。素敵なカンガルーのために、私はここにいるのだった。

南棟の自動ドアをくぐると、吹き抜けになったホールのエスカレーターで二階へ上がる。そこは大人の腰までの柵しか存在しないフロアで、人に危害を与えることの少ない動物が集められているようだった。係のガイドの元で、餌を与えたり、触ったりすることも許されているらしく、柵から手を突っ込んでいる子供達が何人も見受けられた。中には何かの赤ちゃんを抱かせてもらってきゃあきゃあと喜んでいる若い女達もいた。

しかし、盛況というにはほど遠いように見えた。入場してから見た客はこれが初めてだし、それもずっと見通せるこの広いフロアに数えるばかりしかいない。金を十分すぎるほどかけているのは間違いないから、いつもこれでは、入場料を千五百円も取ったって商売にならないだろう。

私は他人の心配をするのをやめ、まっすぐカンガルーの囲い――カンガルーコーナーとでも呼んだ方が適切か――へと向かった。

カンガルーは一種類（柵の前に立てられた看板には、「アカカンガルー」と書かれている）、わずかに四頭が四畳半ほどのスペースに囲われているに過ぎなかった。といっても柵の低さと天井の高さで、押し込められているという感じはない。下は土ではなく、草色のカーペットが敷きつめられている。カンガルー達の毛づやがよく、とても清潔に保たれているところを見ると、恐ろしく手がかかっているようだ。

私はそこでようやく、獣の臭いや、糞尿や土の臭いといったものがほとんどしないことに気がついた。くんくんと臭いを嗅いでみても、感じるのはトイレの芳香剤と同じ人工的な花の香りだけだった。

「餌（えさ）をおやりになってみませんか？」

突然声をかけられて私は驚いた。いつの間にか制服姿の若い娘がにこやかに微笑みながら私の側に立っていたのだ。

即答しかねている私に、彼女は手にしたかごの中からスティック状の合成餌らしきものを差し出してくる。「いかがですか？」

「……いや。結構」

私が答えると、きょろきょろと辺りを見回し、誰かを探している様子を見せる。

「――お連れ様は？」

子供でもいればそっちに売りつけようとでも思ったのか、彼女は相変わらずの笑みを浮かべて訊ねる。

「……一人なんです」

一瞬、笑顔がひきつったように見えた。

「お一人……ですか。動物……がお好きなんですね」

「とんでもない！」反射的に答えてから、慌てて言い直す。「仕事なんです」

「お仕事……ですか？」

聞き返されて、一体どう説明すればいいのかしばし逡巡した。

「……あー……ちょっと、動物のことを色々調べていましてね。その……本を書こうと思って」学者はこんなところへ来ないだろうし、一体どんな本を書くのかと自問したが、答は出てこなかった。

「本ですか？　へえ。動物の？」

「ええ。——カンガルーは、この四頭だけですか？」攻撃は最大の防御。質問を封じるにはこちらが質問に転じるしかなさそうだった。

「え？　ええ、そうだと思います」彼女は柵の中をちらりと見て自信なげに答えた。

「一頭一頭名前がついていたりするんですか？」

「ええ。ついております」

「よければ教えてもらえませんか」

彼女は困ったような笑みを浮かべ、誰かを探すように首を巡らせた。

「申し訳ありません。昨日配置転換があったばかりで……ブリーダーなら存じていると思いますが……」

「ブリーダー？」

「ええ。その……なんて言いますか……飼育係ですね。わたしどもはガイドと申しまして、お客様のご案内が仕事ですから……あ、回ってきてます。ほら、あのブルーの制服。あれがブリーダーの制服です」

彼女の指さす方向に、確かにブルーの制服を来た、飼育係というよりは小ぎれいなビル清掃人とでもいった感じの男が一人近づいてきていた。〝ガイド〟達のボーイスカウトスタイルといい、ブルーの制服といい、どれも不自然なほど清潔に保たれていることに漠然とした不安を覚えた。もしかするとここにいる動物達はどれも精巧なロボットなのかもしれない。

男は手にクリップボードを持ち、動物達をじっと眺めては何かを書き込みながらゆっくりとこちらへ歩いてくる。カンガルーに接して設けられたワラビーの柵でチェックを終えると、男はもう数歩の距離にいる。

「失礼。ちょっとお尋ねしたいんですが」

私が声をかけると男はびくっと驚いた様子で振り向いた。胸の名札には竹内昌幸（たけうちまさゆき）と書かれている。

「……な、何です？」

三十代前半と思われる男は、ひょろりと背が高く、猫背で、泣いているように見える八の字眉毛をしていた。おどおどとしたその様子を見て笑わないでいるのは一苦労だった。

「すみません。驚かすつもりじゃなかったんです。ただちょっとお聞きしたいことがあって……」

彼は上から下まで落ちつきなく私を眺め、隣のガイドと顔を合わせ、ようやく私が彼を取って食おうとしている猛獣でないことを確認したようだった。

「そ、そうですか……で、何を？」

「カンガルー達の名前を教えてもらいたいんですが」

「名前……？」

「名前、あるんでしょう？」

私が答を促したので、彼はうんうんと頷き、頼りない笑みを浮かべて言った。

「大きい二頭がオスで、ダムとディー。ちょっと小さいのがメスでサオリとシオリ」

「サオリとシオリ？」

彼はくすりと笑った。

「ええ。漫才師みたいでしょう？　あの子たちは日本で生まれたんですよ」

「……オスの方は？」

「ダムとディーはオーストラリア生まれです。でも日本に来て二年は経ちますよ」

少しずつ舌が滑らかになるようだった。

「カンガルーはこれだけですか？　以前来たとき、もう一頭いたような気がするんですが……」

突然、竹内の顔が能面のような無表情に変わった。

「いません。これだけです」彼は素早く否定したが、力が入りすぎていたし、答えるのも早すぎた。

「……そうですか……そうだったかなあ？」私は記憶を探るふりで首を傾げた。

竹内は急にそわそわし始め、「じゃ、仕事があるんで、失礼します」と口の中で呟き、足早に立ち去った。〝仕事〟と思われるカンガルーのチェックは完全に忘れているようだったが、あえて声をかけるのはやめておいた。

ガイドの若い女の存在を思いだし、私は振り向いて笑いかけた。「なんか、慌ててるみたいだったね」

彼女は当惑した様子で曖昧に頷いた。「そう……ですね」

「スタッフ同士、知り合いなんでしょう？」

「いえそれが……ここ、結構大きい上に、配置転換があったもんですから、よく知らないんです。なんか変な人達も多いし――」

「変な人？」

私が訊き返すと、彼女はしゃべり過ぎたという表情を見せて口を閉じた。

「変な人って……どういう人？」私は重ねて訊ねた。

彼女は目を伏せて、「ごめんなさい。失礼します」と呟くように言って立ち去った。

当惑して立ちつくす私を一頭のカンガルー——サオリかシオリのどっちかだ——がきょとんとした様子で見つめていた。

「……何なんだ、ここは一体」

私は呟いたが、もちろんカンガルーは何も答えはしなかった。

誰かが狂ってる。この動物園の連中か、あのサキという少女か、それとも私か。

私は首を振って歩き出し、「ノアズ・アーク」を後にした。

忘れた方がいい。少女の頼みなど聞かなかったし、動物園にも来なかった。私はそう自分に言い聞かせた。

5

久しぶりに目覚ましで起きた。八時半だ。十月三十一日月曜日。肌寒いが、いつになく空は青い。

ゆうべは珍しくアルコールを体内に入れなかったせいか、寝つきが悪く、従って寝覚めも悪い。手回しのミルで豆を挽(ひ)き、ペーパードリップでマグになみなみとコーヒーをいれる。ブラックのまま半分飲んだ頃、ようやく頭も身体も軽くなってきた。髭(ひげ)を剃(そ)り、一週間敷きっぱなしの布団を張り出し窓の手すりに干した。事務所はまめに掃除していたが、部屋の掃除は、最後にいつしたか覚えていないほどだった。

プロセスチーズをかじりながらロールパンを二つコーヒーの残りで流し込み、新聞を読む。私の事務所に依頼人が来たことがニュースになっているかと思ったが、まだ誰も嗅(か)ぎつけていないらしく、どこにも載っていないようだった。

ふと「ノアズ・アーク」での奇妙なやり取りを思い出したが、すぐに頭から振り払う。今日からしばらくは正式に依頼された仕事が優先だ。

――優先？ 違う。これだけをやっていればいいのだ。消えたカンガルーなど知ったことか。たとえあの動物園に何か怪しい点があるとしても、私には何の関係もないことだ。

「洋服の青山」の安売りで買ったスーツを引っぱり出して身に着け、折れ曲がったネクタイの皺を伸ばし伸ばし締めた。洗面所の鏡で確かめると、失業したてで職探しに奔走している四十男のように見えた。髪をとかし、ネクタイを結び直すと少しはましになった。契約が取れなくて転職を考えている三十九歳のセールスマン程度には見えないこともない。

――当たらずといえども遠からず。私の人間観察能力もまだまだ捨てたものではないという見方もできる。

アパートを出、前の道に路上駐車しておいた車に乗り込み、事務所へ向けて走らせた。

街はいつになく活気に溢れているように見えた。人々は元気よく歩き、車は混み合いながら流れている。いい季節だった。夏蒸し暑く、冬底冷えのする京都では、今のような過ごしやすい時期は少ない。

事務所にたどり着くと、既に沢田犬猫病院は開業していて、窓口に溝口亮子が座っているのがガラス越しに分かった。向こうも足音で気づいたのか、窓を開けて覗く。

「あ、今日は早いんですね」

「ああ。――昨日はあれから誰か……？」

ありえないことだと思いながら訊ねると、案の定彼女は申し訳なさそうに首を横に振った。

「そう……ありがとう」

彼女は私の服をじろじろと眺め、理解できない様子で言った。「その格好」

「これがどうかした？」

「変装ですか？」

「……まあ、そんなようなもんだ」私はいたく傷ついたが、気づかれないように顔をそむけた。

事務所に入ると、一旦机に座って二谷久美子の依頼書を再読しながら、必要と思われる人名、住所を手帳に書き写す。手帳に挟んでいる名刺の枚数が残り少ないことに気づくと、引き出しから新しい名刺を取り出して補充する。

時計を見ると、九時半になるところだった。最後に入り口脇に置いた姿見で全身をチェックして、事務所を出て鍵をかけた。

「お出かけですか？」亮子の声がする。

私は頷いて、「今日は戻ってこないかも知れないから、急ぎの用なら留守番電話にメッセージを入れるように言って欲しい。ポケベルが鳴るから何とか連絡がつくはずだ」と言った。

「携帯買えばいいのに。安いですよ」と亮子。

「嫌いなんだ」私は答えた。嘘ではなかった。でも実際はその〝安い〟金を出す余裕がなかったのと、多分必要ないと判断したことの方が理由としては大きかった。実際ポケベルにしても、直接鳴るのは沢田の酒の誘いと決まっている。ポケベルの番号を教える相手など他にいなかったのだ。

　再び車に乗り込むと、丸太町通りへ出て東へ向かい、鴨川を渡る。東大路で左折し、京大病院を通り過ぎるとすぐ京大医学部の赤い建物が見えてくる。失踪した二谷久美子の父、二谷征夫教授の研究室がこの中のどこかにあるはずだった。

　古びた門を入り、適当に車を止める。職員に咎められる可能性はあったが、罰金を取られるわけではなく、どうせ「ここに止めるな」といった意味の張り紙を貼られるくらいのことだと私は知っていた。

　手近の学生を適当につかまえて二谷教授の研究室の場所を訊ねると、三人目に声をかけた男子学生がすぐ近くまで行く用事があるというので案内してもらうことにした。

「マスコミの方ですか？」歩きながら彼は世間話のようにそう言った。

「いや。何でそう思うの？」私は少し緊張した。二谷教授の失踪がすでにマスコミネタになっているのかと思ったからだ。二谷久美子の話では、身近な人間以外には病気だということにしてあるはずだった。

　しかし彼はのんびりした口調で言った。

「いやあ、二谷先生、一時期結構露出してたから」

「露出？　マスコミに？」

「ええ。遺伝子治療じゃ一応権威ですからね」

「遺伝子治療」私は馬鹿みたいに繰り返した。

学生は少し驚いた様子で私を見直した。

「知らないんですか？　――先生に何の用事なんです？」

「……ご家族のことで来ただけだ」

「へえ」

さらに何か訊ねてくるかと思ったが、興味をなくしたのかそれ以上は突っ込まれなかった。

「あそこにそっけない箱みたいな建物があるでしょう？　あの中に二谷先生の研究室もあるはずですよ」彼はそう言って指さすと、

「じゃ」と呟いて近くの建物に早足で入っていった。礼を言う暇もなかった。

教えられた建物は、近づくにつれ要塞のような堅牢な作りであることが分かり、ある種の危険な実験を行うこともある施設なのかもしれないと気づいた。普通の校舎などがドアのない開放的なスタイルであるのに、ここにはしっかりした防火扉にも似た金属のドアが取り付けられている。「関係者以外の立ち入りを禁ず」と書かれたプラスチック板がドアの真ん中に貼り付いているのを見て、私はどうしたものかと立ち止まって考えた。

その時私の目の前を風のように通り過ぎ、階段を軽快に駆け登ってドアを開けようとする若い女がいたので、慌てて後ろから声をかけた。

「すみません、ここの方ですか?」

ノブに手をかけたままの状態で彼女は振り向いた。細い切れ長の目をした中国系の顔立ちの少女だった。いや、ショートカットのせいで若く見えるが、実際には少女というような年齢ではないのだろう。恐らく二十四、五。いずれにしろ私の年からすれば少女と呼んでも差し支えないのかもしれない。ジーンズにスニーカー、ブラウスの上にはヨットパーカを羽織り、右肩にリュックをひっかけている。

「そうですけど、何か?」

「……二谷教授のことでちょっと伺いたいことがあるんですが、中に入れてもらえますか?」

「警察の人?」眉をひそめて聞き返したところを見ると、既に事情聴取を受けたのかもしれない。

私は首を振った。「いや。ご家族に頼まれて調査をしているものです」

「興信所の人? やっぱり警察は何もしてくれないのね」そう言いながら、ノブから手を放し、階段から降りてきて同じ高さに立つ。

背は私と変わらないくらいだった。一七五センチ前後ある。もう一度スニーカーを履いていることを確認してしまった。

「何を考えてるかは分かります。だから言わないで」私の目の動きに気づいたのか、彼女はうんざりしたような口調で言った。

私は少しだけ笑った。そんなふうに笑うのは久しぶりのような気がした。

「……分かった。言わない。――二谷教授の事情は知ってるんだね」

「事情？　知ってるのは二谷先生がいなくなったってことだけ。一応警察にも、何か思い当たることはないかって聞かれたけど、何も知らないから知らないって答えたわ」

「……君は、二谷教授の研究室の学生？」

「ええ」

「ちょっと話を聞きたいんだけど……中は――？」

彼女はちらりと振り返って首を振った。

「ごめんなさい。ここは部外者立ち入り禁止なんです。秘密だからっていうより、安全のため」

「そうか……じゃあどこか別の場所で。君さえよければ」

彼女は小首を傾げ、腕時計を見た。「三十分くらいなら。――ちょっと用事があるから、あそこの学食でコーヒーでも飲んで待っててもらえますか」

「ああ。――研究室に、行くんだね？　だったら、二谷教授と関係の深い人達のリストみたいなものがあったら持ってきてもらえないかな」

「……ゼミの名簿とかでいいですか？　教授から学部生まで載ってる奴」

「ありがたい。頼むよ」私が答えると、彼女は再び階段を駆け登り、さっとドアを開けて中へ消えた。

私は彼女に教えてもらった建物を目指して歩き、学生食堂というには少しばかりお洒落(しゃれ)すぎる食堂に足を踏み入れた。コーヒーを買い、入り口の見える席を見つけて腰を下ろし、待った。

午前中とあって客はさほどいない。昼食時になれば満員になるのだろうが、今はそこここでノートを広げ、予習でもしている様子の学生達がいるくらいだ。

さほど悪くない味のコーヒーを飲み、五分ほど待っていると彼女がやってきた。私が手を挙げて教えるまでもなく彼女はすぐにこちらに目を留め、近づいてくる。背の高い彼女が颯爽(さっそう)と歩くと、何人かの学生達はおっ、という様子で顔を上げ、視線で彼女を追った。

「どうも、お待たせしました」

「いや……わざわざありがとう」

彼女は私の向かいに腰を下ろし、名簿らしき紙切れを渡しかけてすぐに引っ込めた。

「これをお見せする前に、身分証明書か何かあったら見せてほしいんですが。疑ってるわけじゃないんですけど、一応、念のため」

一瞬呆気(あっけ)に取られた。彼女の要求そのものにではなく、その率直さに。

「……当然だ」私は頷き、手帳から名刺を一枚引き出してテーブルの上を滑らせた。

　彼女は手にとって眺めていたがまだ何か言いたげな様子で黙っていたので、私は運転免許証をポケットから出し、王手をかけるみたいにして彼女の目の前に置いた。

　彼女は遠慮なく免許証と名刺と私の顔を見比べ、ようやく満足した様子で免許証と名簿を渡してくれた。「あんまり変わってるんで、違う人かと思いました」

「そうかな」私は久しぶりに免許証の自分の顔をじっくりと見つめ、彼女の言葉を確認した。今朝鏡の中で見た男とは別人のように血色もよく、頬もふっくらとしている。二年前の写真だった。まだ帝都リサーチにいた頃に更新したものだ。

「ダイエットが成功したからね」私は苦い思いを押し隠しながら言った。

「余りうまいダイエットとは思えませんね。不健康な痩せ方だわ」

「アルコールダイエットだよ。多量のアルコールで胃と肝臓の機能を低下させて、何を食っても栄養にならないようにするんだ」

　彼女の同情するような視線で、自分が喋りすぎていることに気づいた。

「――さて、私が誰かは分かっただろ。君の名前は？」私はA４の紙一枚に印刷された名前のリストを眺めながら訊ねた。

「一番上にあります。秋本美華、博士過程の一年生」

　確かにその名はあった。以下五十音順で並べられたそのリストには、学部生、院生などと一緒に研究助手、助教授、そして二谷征夫教授の住所と電話番号が記されている。

「コピーですから、差し上げます」コピーを取ってもいいかと言おうとした私の機先を制して彼女は言った。

「……名刺一枚で、そんなに信用していいのかね」

彼女は肩をすくめた。「どうせその気になって調べれば分かることですから」

それもそうだろう。しかしある程度の信頼は勝ち得たのではないかと私は勝手に思うことにした。

「この中で、一番二谷教授と近しいのは誰？」

「助手の野村さんですね」言下に答えたその名は二谷教授の名前のすぐ下にあった。

「今日は研究室に出てくる？」

美華は首を振る。「野村さんはあくまでも二谷先生の個人的なアシスタントだったんです。二谷先生がいない以上、研究室に来てもやることがなくて、自宅待機みたいな状態ですね。このままだと、他の仕事を探さなきゃいけないんじゃないかしら」

「……二谷先生は帰って来ないと思うんだね？」

「そんなこと私に分かるわけないじゃないですか。――でも、いつまでも隠せないと思うし、大学だってのんびり待っててはくれないでしょう。何ヵ月も経ってひょっこり戻ってきたって、よほどの理由がない限り復職を許すはずがありません」

彼女の口調だと、二谷教授は自分の意志でどこかへ消えたかのように聞こえる。二谷久美子とは違って、事件に巻き込まれたという可能性は考えていないようだ。

「二谷先生は大学内部では、何かもめごとに巻き込まれてはいなかったのかな」

「もめごと……ですか」彼女は細い筆でさっとひいたような眉をひそめ、考え込むような表情を見せた。「テレビに出たりして、他の先生にはあんまりよく思われてなかったみたいですけど、特に派閥争いだとかそういう話は聞きませんね。助教授のどなたかにお聞きになった方がいいんじゃないですか」

「そうだろうね。――人間的には、どういう人だった？」

「そうですね……マッド・サイエンティストって聞いて誰もが思い浮かべるような人です」

「というと？」

彼女はくすりと笑って説明してくれた。

「研究のこと以外には無頓着で、普段はちょっとぬけてるみたいな。靴下の左右が違うなんてしょっちゅうでしたし、自分がいつどんな食事をしたかなんてことも全然覚えていられない人なんです。みんな先生のことが大好きでした……いえ、もちろん今でも」

愛すべき学者馬鹿というところか。

「どんな研究をしてたのかな」

「大まかに言うと、遺伝性疾患の治療ということになりますね。遺伝子治療はご存じでしょ？」

「あまりよくは知らない。遺伝子を……その……組み替えるんだろ？」

「まあそういうことですね。欠損や欠陥のある遺伝子を持って生まれてきた子供に、正常な遺伝子を組み込むことによって疾患を治療するための研究です」

「相当の権威だったと聞いたが、その研究内容をスパイされたりといった危険はなかったんだろうか？」

「どうでしょう。……私にはちょっと分かりません。遺伝子関係は特にアメリカあたりじゃお金儲けに使われそうな分野ですから、ない話でもないとは思います。でも、さっきも言いましたようにうちはさほど秘密主義でやってるわけじゃありませんから、研究内容を知りたかったら、先生に聞けばほとんどのことは教えてくれたと思いますよ。スパイみたいな真似する必要はないんじゃないでしょうか」

「人にその……恨まれるようなことは？　たとえば、単位を落とされた学生が逆恨みして、とか……」

「二谷先生に単位落とされるような学生はいませんよ。たとえいたとしても――」彼女は言葉を切って私を見つめた。「まさか、先生が殺されてるんじゃないかと考えてらっしゃるわけじゃないでしょうね？」

「可能性はもちろんある。個人的な恨みだけでなく、行きずりの強盗にあった可能性だってある。あるいは何かの事故に巻き込まれたのかもしれない」

「……そんな……」彼女の顔が悲痛に歪むのを見て、私は罪悪感さえ覚えた。

「もちろん、ただの可能性だ。もう一つ大きな可能性は、女性だ。先生に親密な女性がいたかどうか知らないかな？　あるいはそういうことを知っていそうな友人は誰か」

美華はしばらく馬鹿を見るみたいな目つきで私を見つめていた。段々本当に馬鹿なのかもしれないと思い始めた頃、彼女は吹き出した。

「先生に……女性？　愛人ってことですか？　まさか！」

「まさかって思われるような人が不倫をしてたケースは、山ほど見てきた。人には色んな面があるんだよ」つい説教臭いオヤジのような口調になってしまう。

「不倫だなんて——。先生の奥さんはとっくに亡くなってるんですから、たとえ誰かいたとしたって不倫とは言えないでしょう」

確かにそのことは二谷久美子から聞いていた。数年前に母を亡くし、父一人娘一人の家族だと。しかし教授の年齢を考えると、相手の側に家族がいる可能性、もしくは相手が親子ほど年の離れた学生だったりして世間をはばかる恋愛をしていた可能性は高い。

私は改めて目の前の女性を見つめた。同じ年の男性から見ても、相当魅力的な部類に入るだろう。妻を亡くして数年も経つというまだ六十前の男なら、ふらふらとなったとしてもおかしくはない。彼女が愛人である可能性があるだろうか？　ないとは言い切れない。

彼女は細い目をさらに細めて私を見つめ、鋭い口調で言った。「何を考えてるかは分かります。だから言わないで。言ったら私あなたを殴るかもしれないわよ」

わざと口にして彼女がその通りにするかどうか確かめてみたい誘惑に駆られたが、結局言わなかった。

「――人の心を読むのがうまいんだね」

彼女は肩をすくめただけだった。

「じゃあとりあえず、女性がいたという可能性は無視するとしよう。とすると、自発的にいなくなる理由が何かあるかな？　たとえば、研究に行き詰まっていたとか、身体の調子が悪くてノイローゼ気味だったとか……」

「全然。いなくなる日の前日まで、元気そうでした。研究はそりゃ一朝一夕(いっちょういっせき)に思い通りに進むなんてことはないでしょうけど、行き詰まってるなんて様子はありませんでした」

「つまり、いなくなる理由なんか思い当たらない、そういうこと？」

「ええ」

私は首をゆっくり振った。「妙だね。自分でいなくなる理由がないんなら、事故にあったか襲われたかって考えるのが自然じゃないかい？」

「そりゃ最初はちょっとそういうことも考えました。でも、警察からは何も言ってこないし、さっきも言ったようにちょっと変わった人ですから、ふらふらと遠くまで行ってしまったのかもしれないってみんな言ってます」

「ふらふらと……？　いくら何でもそれはないだろう。たとえそうだとしても、たった一人の娘に電話一本かけないってのは変じゃないか」

「それは……そうなんですけど」これまではきはきと喋っていた彼女が、初めて歯切れの悪い答え方をした。

いずれにしろ、これ以上彼女に質問をぶつけていても仕方がないようだと思った。特に何かを知っている様子はない。

「この名簿の中で、他に話を聞いておいた方がいいと思う人がいたら印をつけてくれないか」私は言って、ペンと一緒に名簿を彼女に渡した。手抜きと言えば手抜きだが、始めからここですぐ何か手がかりが見つかるとは考えていなかった。もし行き詰まったら、また戻ってきて今度はもっと虱潰しに聞いて回ることになるだろう。

「まず野村さん……それから助教授の相良先生……あ、あと、学部長にも話を聞いた方がいいかもしれませんね。ここには載ってませんけど」

「なるほど。寄ってみることにしよう」学部長などという立場の人間が私などに会ってくれるだろうかと若干心配しながら頷いた。

「それと、他の学生達にも一言言っておいてくれないか。何か気がついたことがあったら連絡をくれるようにと」

「ええ」彼女は答えながら名簿とペンを返してよこした。

私たちはしばらく見つめ合った。お互い相手が何か言うのを待っているみたいな感じだった。

私は言った。「ありがとう。助かったよ。君みたいな人をつかまえられて運がよかった」

「……その……何か分かったら、こちらにも教えていただけますか？　ニュース見てびっくり、なんてことになりたくないし……」

彼女も本当のところは二谷教授が最悪の事態に陥っている可能性を考えていることが、その言葉で分かった。

私は頷いた。「連絡するよ」

彼女はにこりと笑うと傍らの椅子に置いたリュックをひょいと担ぎ上げ、食堂を出ていった。入ってきた時と同じように男達の視線が彼女を追いかける。

私は彼女が見えなくなるのを待って、冷めたコーヒーを飲み干すと立ち上がった。

6

まずは野村孝弘という名の研究助手の話を聞く必要があると思った。他の人間はその後で構わない。名簿の住所は大学と同じ左京区内、自転車で通えそうな場所だった。構内の公衆電話から一度電話してみたが誰も出ないようなので、とにかく一度訪ねてみることにした。今出川を東へ向かい、銀閣寺の手前で北に折れると白川通りだ。鞍馬、大原などへ続くドライブコースでもあるが、両側は一歩入ると住宅地だ。野村の住まいはその白川通りを少し東に入ったところにある古びたアパートだった。京都市内の宅地は高さ制限のため低い建物が多いが、そこもご多分にもれず三階建てだ。

東山へ向けて坂になっている道に車を駐車し、アパートの一階に設置された郵便受けの名前を調べた。野村の部屋であるはずの二〇一にはネームプレートが入っていなかったが、中にチラシのようなものがたくさん入っていることは、蓋に開けられたスリットから分かった。

風雨にさらされて変色しているコンクリートの階段を昇ると、二〇一のドアの前に立ち、チャイムを鳴らした。中で鳴っている音がはっきりと聞こえるが、それ以外の物音はこそりともしなかった。もう一度鳴らし、留守らしいことを確認する。

二〇二のチャイムを鳴らすと、「はあい」という声がしてやがてドアが細く開き、学生風の若い男が顔を覗かせた。まだパジャマ姿で、髪の毛には寝癖がついている。寝ているところを起こしてしまったようだった。

「すみません。二〇一の野村さんを訪ねてきたんですが、お留守のようで——」

「二〇一？　ああ！　そう、ぼくも困ってるんですわ。宅急便預かってるんやけど、ここんとこずっと留守みたいで」

早くも重要な何かにぶつかったのだと確信した。しかしそれが何かの手がかりになるのか、それとも手がかりを失ったことを意味するのかはまだ分からない。

「宅急便……どこからの荷物ですか？」

少し性急すぎたかと思ったが、男は怪しみもせずドアを大きく開けると、三和土(たたき)に置きっぱなしの荷物を指さして言った。「これです。ほら、『食品』って書いてあるでしょ。缶詰とかお米とかやったらええけど、肉とか野菜とか入ってたら腐るかもしれへんからねえ」

「そうですね」私は相づちを打ちながら、送り主の名前を読み取った。野村牧子(まきこ)。住所は長野県。恐らく母親か、親戚に間違いあるまい。電話番号を脳裏(のうり)に刻み込む。

「いつ頃から留守にしてるか、分かりますか」

「さあ。この荷物が来たのはもう一週間くらい前になるかなあ。……大家さんにゆうて引き取ってもらおかと思てるんですけどね」

「……最後に見かけたのはいつ頃ですか？」

彼は髭がうっすらと伸び始めている頬を撫でながら考え込んだ。

「そやねー。元々あんまり顔見ることもなかったし……でも、二週間くらい前にはまだおったと思いますよ。物音がしてたから」

「なるほど」

二谷教授の失踪が一ヵ月前。もしその時同時に姿を消していたら、警察が注目しなかったはずはない。しばらく待ってもう警察は来ないだろうと判断し、どこかへ逃げたのだとしたら……？

速断は禁物だ。しかし、この野村という男が鍵を握っているのは間違いないように思えた。二週間余りの期間を置いて二人の人間が姿を消しているのだ。偶然とは考えにくい。

私はそそくさと礼を言ってそこを離れ階段を降りると、踊り場で手帳を取り出し、電話番号をメモした。

歩いて白川通りまで戻ると電話ボックスを見つけたので、中に入って思案する。

テレフォンカードがあるとはいえ、長距離だと持つかどうか不安だ。長野に電話するのは事務所に戻ってからにしよう。ついでに昼食をとるのもいいだろう。

そう決め、私は秋本美華にもらった名簿の最後に載っている研究室の番号に電話をかけた。

「はい」呼び出し二回で事務的な女性の声が応答する。

私が名前を名乗ると、すぐに声はトーンを変えた。美華だった。

「もう何か分かったんですか？」

「教授のことについてはまだ何も。でも、野村君がしばらく前からアパートに戻っていないらしいことは分かった」

しばし沈黙。

「——どういうことですか？」

「分からない。何か聞いてないか」

「いえ。全然。……ちょっと待ってください」

受話器を手で覆うガサガサという音に続いて、誰かに話しかけているらしいこもった声。やがてカーテンがさっと引き開けられたみたいに彼女の声が戻ってきた。

「みんな何も聞いてないみたいです。——ちょっと留守にしてるだけじゃないんですか？」

「かもしれない。暇を持て余して海外旅行にでも行った可能性はある。でも、研究室の誰にも連絡していないとしたら、ちょっと妙じゃないか？」

「……研究室ではあんまり人付き合いのいい方じゃありませんでしたし……」

「それにしたって、ひょっこり教授が戻ってきたら、一体どうするつもりだったんだ？　もちろん、教授が戻ってこないと知っていたのなら、話は別だが」

電話線の向こうで息を飲む気配がした。

「野村さんが先生の失踪に関係あるとおっしゃるんですか」

「別に彼が教授を殺したとか誘拐したとか言ってるわけじゃない。教授の研究が失踪の引き金なんだとしたら、野村君が関係している可能性は高いと言ってるだけだ。教授の研究内容を詳しく知っていただろうからね。そうだろう？」

彼女は答えなかった。

私は続けた。「とにかく、私は野村君が本当にいなくなったのかどうか、もう少し追ってみる。そちらでも何か情報が入ったら、連絡して欲しいんだが」

「……分かってます。――警察には？」

「もちろん、野村君が本当に失踪しているということになったら私の方から連絡する。はっきりするまでは騒ぎ立てたくないから、君もそれとなく聞いてみるくらいにしておいてくれ」

「ええ」

電話を切ると車に戻り、一旦事務所に戻ることにした。

7

白川通りの街路樹はすっかり色づいて秋の装いだ。歩道を歩く人達がみなシックに見え、自分が異邦人のような気がしてくる。

汚い雑居ビルやパチンコ屋ばかり目立つ自分の事務所のあたりに戻ってくるとそんな思いは消えた。車を止めて上へ上がる。

亮子は席を外しているのか、受付のすりガラスの向こうに人影は見あたらない。事務所に入り椅子に腰掛けると、電話を引き寄せ手帳にメモした電話番号をダイヤルした。

十回ほど呼び出し音がなり、諦めて受話器を置こうとしたとき、つながる音がして慌てて耳に戻した。

「はい……野村でございます」弱々しい女性の声が聞こえてきた。

私は息を軽く吸い込み、少し高い声を作った。「あ、もしもし？　野村さんのお宅ですか？」

「はい、そうですが……」

「研究室のものなんですが、彼、そちらに戻ってますか？」

「孝弘ですか？　いえ、京都だと思いますが……」

「おかしいなあ。――アパートの方には、ずっといないみたいなんですよ。田舎に帰るみたいなこと言ってたんで、そちらかと思ったんですが……」荷物が届いているのだからそんなことはありえないが、私はまずそう訊ねた。

「いえ……そんな話は何も……あの……失礼ですがお名前は何と……」

「秋本です」ついそう名乗っていた。男の名前にしておけばよかったと思ったが遅い。野村が母親に美華のことを教えていないように願った。

「秋本さん……ですか」

何も思い当たることはないような口調だったので私はほっとした。

「どこに行ったか思い当たるところはありませんか？　旅行にでも行ったんでしょうか？」

「さあ、私にはさっぱり……」

「そうですか。伝えたいことがありますので、連絡がありましたら研究室の方にも一度電話するように言っておいていただけますか」野村と話す機会があったら誰かが秋本の名前を騙ったのだと気づかれるが、その時は仕方がない。

「……は、はい……」

それじゃ失礼します、と言いかけたところで「あの！」と初めて大きな声で呼びかけられた。

「何でしょう」

「……あの……孝弘は、いつからおらんのでしょうか」大きな声を出したことを恥じているみたいに、これまで以上に消え入りそうな声で訊ねてくる。

「一週間以上前から出かけてるみたいですね」

「一週間！　それじゃ、あの、仕事の方は……？」

「は？　お仕事はこのところずっと――」言いかけて、彼女は二谷教授の失踪を知らされていないのだと気づいた。野村はわざわざ母親にまでその話をする必要はないと思ったのだろうか。

「――休暇を取っていたんですよ。研究が一段落しましたのでね」私は咄嗟に嘘をついた。その方が彼女を心配させないですむと思ったからだった。どれほど仲のよい親子だったかは分からないが、仕事を休んでいることさえ言っていないのだから、旅行に出るのにいちいち実家に連絡する関係だったとも思えない。教授の失踪を知らなければ、息子の行方をさほど気にすることもないだろう。

「それじゃよろしくお願いします」今度は相手が何か言う前にさっさと電話を切った。

さて。

私は机の足を蹴飛ばして椅子をくるりと回すと、窓の外を眺めながら考えた。

研究室の人間も母親も野村の行方を知らない。私にはこれ以上彼の行方について聞いて回る人間に心当たりがない。

彼の部屋の中には何か手がかりになるようなものがあるかもしれない。あるいは郵便受けの中。

問題はそれを自分で探すか、警察に探させるかだ。

前者の方が手っ取り早いが、残念なことに法律違反だ。後者の方が善良な市民としてはふさわしい態度だが、警察が何かを見つけるとは限らないし、見つけても私にわざわざ教えてくれるとは限らない。

帝都リサーチでは住居侵入や盗聴などの明らかな犯罪行為を「法律スレスレ」と呼んで平気で行っていたが、できるならもうああいったことはやりたくない。自分自身がどんどんすり減っていくような気がしたものだ。そんなふうに感じていたのは、数多い調査員の中で私一人だけだったようだ。あるものはスリルを楽しみさえし、あるものは警官やジャーナリストにでもなったつもりなのか「真実」のためには多少の違法行為も許されるのだと信じていた。「依頼人のため」と言えば聞こえはいいが、結局は金のためということだ。金と効率。

所長の桐原は私のことを「甘ったれ」だと言った。多分そうなのだろう。「慣れだよ、慣れ」とも言われた。それも多分そうなのだろう。しかし私は慣れることが出来なかったし、慣れたくもなかった。

帝都リサーチをやめるとき、桐原にはさんざん罵られた。「ちびた鉛筆みたいなプライドを後生大事に抱えやがって。お前みたいな奴はな、何をやっても成功しないよ。そのまんま野垂れ死んじまえ」

彼はいけすかない男だったが、言うことはいつも当たっていた。私はすり減ってすり減ってほとんどないも同然になってしまったプライドの残り滓をどうしても捨てることができず、今ここにこうしている。幸い野垂れ死んではいないがそれも時間の問題だろう。

しかし何より最低なのは、もし今桐原に戻ってこいと言われたなら――そんなことはありえないが――自分がそうするかもしれないということだった。きっぱり断れると感じることもあるのだが、時折激しい後悔に襲われる瞬間があり、そういう時の私には断れる自信がない。

それでも救いがあるとすれば、いくら後悔したところで私の方から頭を下げて頼みに行くことはないし、たとえそうしても桐原は自分を裏切った人間を許したりしないだろうということだった。

だから私はまだその「ちびた鉛筆みたいなプライド」を大事に取っておける。

後ろで乱暴にドアを開けて誰かが入ってくる音がしたが、私は振り向かなかった。そんなふうにノックもせずに入ってくるのは沢田だけだからだ。

くすくすという笑い声の後、すぐ近くで沢田のでかい声が響いた。「なあ、聞いてや。亮子ちゃんがな、真面目な顔して言いよんねん。『探偵さんは、お忙しいみたいですよ。仕事が入ったらしくて』やて。亮子ちゃんはその仕事がカンガルー探しやとは全然知らんのや」

くすくす笑いがやがて爆笑に変わる。

私はゆっくりと椅子を戻して奴の顔を睨んだ。「残念ながら、別件で忙しくてな。そっちはやってないよ」

沢田は身長百八十五センチ、九十五キロという巨漢だ。しかしその身体に似合わず小心者で、「動物とマンガを愛する心優しき獣医さん」ということになっている。今も、昼飯を食いながら読もうと思っているらしい『少年ジャンプ』を大事そうに白衣の脇に挟んでいる。

「別件？　じょーだん。万年閑古鳥のお前んとこにベッケンもバウアーもあるかい」

何を言っているのか分からなかったが、多分大した意味のないことだろうからあえて訊き返さなかった。

「あるんだからしょうがない。それに私はもう動物探しはやめたと言っただろ？」

「そんなこと言うてるからどんどん仕事がなくなるんや。人がせっかく親切で紹介したったのに」

「……だったら金の払える奴を紹介してくれ。あんなガキじゃなく」私は諦めのため息をつきながら言った。

彼はまったく反省していない様子で軽く頷く。

「ま、完璧な依頼人っちゅうのはなかなかおらんもんや」

ここに事務所を借りてからの長いとは言えないつきあいだが、彼は始めからこの調子だった。なかなか人と打ち解けることのない私が二日で軽口を叩き合う——罵り合うと言ってもいいが——ようになったのも、彼の人徳だという言い方もできるかもしれない。

「まあ何にしろ仕事があるっちゅうのはええことや。——メシ食いに行こか」

ここでようやく食事の誘いだったことが分かった。時計を見ると十一時半。犬猫病院は受付終了の時間だ。今日は客が少なかったのだろう。

私もそろそろ食べようと思っていたところだったので、二人して下に降り、向かいのビルの一階にある「喫茶&グリル ジョコンダ」に入った。十二時を過ぎれば途端に混み出すのだが、今はまだほとんど客はいない。

沢田はわざわざ人を誘っておきながら注文を済ませるなりマンガを読み始めたので、私も新聞を取ってきて三面記事から眺める。贈賄の疑いをもたれているどこかの県議の釈明に、連続放火、発砲事件。特に興味を惹くものはないが、一応すべての記事をざっと読んだ頃、ランチがやってきた。

沢田はマンガを読み続けながら、器用に箸を口に運ぶ。私はもちろん新聞を畳んで黙々と食べたが、なぜか食べ終わるのは彼の方が早かった。

食後のコーヒーを飲みながら私はふと思いついて話しかけた。「昨日のサキって子供のことだが――」

沢田はマンガから視線を離そうとしない。

「サムのご主人のことか？」

そう言われ、あの少女が犬をその名で呼んでいたのを思い出した。

「ああ。どんな子供だ？」

「どんなって？」ギャグマンガを読んでいるのか、くすくすと笑いながら聞き返す。

私は気にせず続けた。「何というか……夢見がちな子か？」

「夢見がち？　あの子が？　あれはお前、しっかりした子供やで。結婚したら旦那を尻に敷くタイプや」

沢田がきっぱり断言したので私は少し驚いた。患者――患畜の飼い主とさほど個人的なつきあいがあるとは思えないし、まして相手は子供だ。

「……よく話をするのか？」

「いいや。サムのなつき方を見たら分かる。あの系統の犬は隙見せたらすぐなめてかかりよるんや。サムはあの子に一目おいとる」

眉唾物の講釈だったが、私の印象とも一致したのであえて異議は唱えなかった。

「カンガルーが消えたとかいう話、どう思う？」

「あの子が、消えた、っちゅうんやったら消えたんやろう。なんで消えたかは俺に聞くな」

「誰が聞くか。——じゃあ、確かにカンガルーが一頭、消えたとしよう。でも何で動物園の連中がそのことを隠す必要がある？　死んだと一言言えばそれで済むじゃないか」

「ふん。あの子が泣くと思たんかもな？」

「それは違う。あそこの飼育係は私にも教えてくれなかったんだ」

初めて沢田はマンガから顔を上げ、私を見つめ、満面に笑みを浮かべた。「何やお前。やっぱり引き受けたんやないか」

私は慌てて否定した。「引き受けたわけじゃない。ゆうべ少し時間があったからどんなところか覗きに行っただけだ。今日からはちゃんとした仕事があるから、そんなことにかかずらってる暇はないんだ」

「照れんでもええやないか。愛は地球を救う、ってか？」

私はさらに抗弁しかけたが諦めて口を閉じた。こいつと言い合いしても始まらない。

「——ちょっと気になることがないでもない。飼育係の態度はどうも怪しい」

沢田は驚いたことにマンガを閉じて隣の椅子に置くと、身を乗り出してきた。「どういうふうに？」

「私がカンガルーの名前を教えてくれと言っただけで、嫌に神経質に反応してた。隠したいことがあるみたいに」

「ふうん。——こういうことちゃうか。カンガルーは病気で死んだ。伝染病でな。でもそのことがばれると閉鎖されかねんからそれをひた隠しにしてる……」

「伝染病？　カンガルーから人に伝染する病気があるのか」

「知らん」沢田はきっぱりと言った。

「……お前獣医だろうが」

「無茶なこと言うな。地球上の動物全部の病気を扱うわけやない。ましてうちは昔ながらの『犬猫病院』。『動物病院』とは違うの」

法的には多分同じに違いないのに、彼は名前にそれなりのこだわりを持っているようだった。

「ま、犬猫って書いてんのに鳥を連れて来る奴もおるから、そういうときはしゃあないけどな。もし象を連れてこられても俺はよう面倒みん。うちは『犬猫』ですからっちゅうてお引き取り願う」まるでそれが自慢みたいに彼は胸を張った。

「お前の経営方針はどうでもいい。しかし動物が伝染病で死んだら、やっぱり届け出なきゃいけないのか？」

「そりゃ人間にうつる法定伝染病やったらな。犬は狂犬病抱えてる上に人を噛みよるから予防注射かて義務づけられとるわけやけど、他の動物については何にもあらへん。猫かて狂犬病にかかるんやけどな」

「そういや、猫の予防注射ってのもあるんだろ？」私は動物というものを飼ったことがないのでそういった知識がまるでないことに気づいた。

「そらあるよ。あるけどそれは基本的には人間にはうつらん病気ばっかりや。義務づけられてるわけやない」

「……もし、動物にしかうつらない病気だったとしても、動物園なら問題になるのか？」

「さあ、どうかな。動物園で働いたことないから知らんけど。たとえ閉鎖されんでも評判は落ちるやろうし、そこで生まれた子供をどっかにやろうと思ってもどこも受け入れたがらんやろな」

私はしばらくその可能性について考えてみた。可能性はある。

「どんな理由にせよ、おそらくそのカンガルーは死んだんだろう。動物園はそのことを隠したい。オーストラリアから来たっていうから、死んだことが公になると送り先の心証を悪くすると思ったのかもしれんな。他にも、カンガルーの死を隠したい理由くらいいくらでも考えられる」

「かもしれん。でも、あの子は死骸でも見せられん限り納得せんやろうな」

それは私には関係ないことだった。飼育係の怪しい対応のせいで心にひっかかっていたが、もうそれも気にならない。本来の仕事に専念できるというものだ。

「あの子はそのうちまた来るんだろう？　その時うまく説明しとけよ」

「何で俺が？」

「責任を取るんだよ。あの子にくだらんことを吹き込んでそそのかした責任をな」財布から千円札を出してテーブルに置くと、私は立ち上がった。

「そそのかしたやって？　人聞きの悪い。俺はちょっとした善意でやな——」沢田はぶつぶつと文句を言っていたが、私は耳を塞いで「ジョコンダ」を後にした。

再び事務所に戻り、今度は京都市警の交通課にいる知人に電話をかける。部署が違うから二谷教授の捜索など関係してはいないだろうが、どんな立場の人間であっても同じ警官から一言紹介してもらえば私たちのような人間に対する警官の態度というのは全然変わるものなのだ。

交通課です、という声に私は名前を名乗り「捜査係長の三枝警部補をお願いします」と丁重に言った。

すぐに三枝警部補の明るい声が聞こえてくる。「よお。久しぶりやね。元気でやっとるか」

「はい。おかげさまで」

「……君がわざわざ仕事場まで電話してくるような用って一体何やろな」面白がりこそすれ、皮肉めいた口調はそこにはない。それだけに私は恐縮した。

「申し訳ありません。またお願い事なんですが」

「できることやったら、かまへんけど」

私は家族に依頼されて二谷教授を探していることを伝え、担当の人間に話を通してもらいたいのだと説明した。

「そんなことかいな。ええよ。家出人は君ら民間に任せた方がぼくら楽になるからね。ええよ。ちょっと待っててな」

受話器を置いてどこかへ行く気配がしたが、二分と経たずに彼は電話口に戻ってきた。

「一応君のことは説明しといたから、今から電話回すわ」

「ありがとうございます」私が礼を言ったのが聞こえたかどうか怪しい。

呼び出し音が一回鳴ったかと思うと知らない声が応答した。「刑事課の桂木(かつらぎ)です」

名前を名乗り、三枝警部補にした話を繰り返そうとすると、「聞いています。二谷先生の件ですね？」と遮(さえぎ)られる。三枝が何と説明したのか知らないが、予想以上に腰が低いので驚いた。誰に対してもこういう態度なのか、私を弁護士か何かと勘違いしているのか。

私は訊ねた。「ええ。あなたが捜査をされているんですか？」

「……正直に申し上げますが、捜査と言えるほどのことは残念ながらやっておりません。事件性があるかどうかを判断するため関係者一同に話は聞きに行きましたが」

そんなところだろうと思っていた。

「では、事件性はないと――？」

「サラリーマンなんかですと、よくあるケースなんですよ。ある日いつも通り家を出て、そのまま会社に行かず消えてしまう。半年、一年以上経ってあなたのような方が遠い街で女と暮らしているのを見つけたり、ひどい時はホームレスになってたりします」

私が民間の調査員であることは認識しているようだった。では多分この男は誰にでもこういう話し方をするのだ。

「しかし、二谷教授の奥さんはもう亡くなってるし、仕事も成功していたんでしょう？　燃え尽きサラリーマンとは一緒にできないんじゃないでしょうか。周囲の人間も思い当たることはないと言ってるようですし……」

「研究者の仕事内容のことまでは分かりません。でも、大の男が家出した場合、家族も含めた他人の誰一人としてその原因に思い当たらないというのはむしろ普通なんですよ」

だからと言って「誰も原因に思い当たらない」から「普通の家出」だとは論理的に言えない。しかし桂木もそんなことは分かっているのだろうからあえて言わなかった。

彼ら警察にしてみれば、よくある家出との違いは特に発見できなかった、ということだ。家族や友人が「家出なんかするはずはない」と言ったところで彼らには関係ない。誘拐されたのなら身代金の要求が来るはずだし、強盗に殺されたり事故にあったりしているのならいずれ報告があるはずだ。どちらにしろ少ない人員を割いてまで捜査を続ける理由は少ない。

「身元不明の遺体等は――」

「現在二谷先生と年齢の一致する遺体は発見されていません」

すぐに答えたところを見ると、確認したばかりなのだろう。

「近所や大学の聞き込みなどから収穫はなかったんですか」

「先生は当日研究室を出たのが夜の九時と遅くて、それ以後誰にも見かけられていません」

「九時？　それはまた遅いですね。そういうことはよくあったんでしょうか」

「らしいですね。徹夜になることもしばしばあったようです。実験を中断するわけにいかないケースが多いらしくて」

「……九時に研究室を出たというのは複数の証言があるんですか」私は慎重な言い回しで最も知りたかった質問をした。

「ええ。何人かの学生と助手によって確認されています」

三枝に何か言い含められたにせよ、こうまで協力的な警官も珍しい。私は助手の野村が姿を消した可能性があることを話すべきかどうか迷った。もし警察が動き出してからただの旅行だったと分かったりしたら私だけでなく彼も恥をかくことになるかもしれない。しかし一方、向こうが情報をさらけ出しているのにこちらが隠し事をするのはフェアでないような気もする。

結局私は、まだ早いと結論した。もう少し裏付けを得てからの方がいい。

「大変参考になりました。また何かお聞きしたいことが出てくるかもしれませんが――」

「ええ。三枝警部補のお墨付きですからね、信用できる方なんでしょう。私どものいたらない部分をどうか頼みます」

電話の向こうで頭を下げているのが分かるような口調だった。

私はそうまで大事に扱われるような人間ではない。恐縮して、もごもご礼を繰り返しつつ電話を切った。

三枝警部補とはただ行きつけの飲み屋で知り合っただけの関係で、時折私が一方的に頼み事をすることはあっても、なにがしかの信頼を得るようなことは一度もしていない。

素直には喜べなかった。いずれ信頼になど値しない人間であることを自らさらけ出してしまうような気がして不安になった。

私は首を振って、当面の問題に頭を切り替えた。

警察は一応調べているだろうが、やはり教授の私室と研究室のデスク、そしてできるなら野村のデスクなどを徹底的に調べる必要がある。二谷久美子や学部長あたりの許可をもらえば、堂々と調べられる範囲だ。それで何も見つからなければ野村の母親にかけあって部屋を開ける許可を取るということも考えた方がいいだろう。

私は二谷久美子の勤務先である女性下着の会社に電話をかけ、彼女を呼び出してもらった。

「……何か、分かったんでしょうか？」開口一番、期待と不安の入り交じった声で訊ねられる。

「いえ。実はお時間を作っていただいて、お父さんの部屋と研究室の私物を拝見したいんですが」

「……研究室の私物でしたら警察の方がお調べになって、今ほとんど自宅の方にございますが」

「それはちょうどいいですね。——いつならよろしいですか？」

「今晩でも構いませんが」

「できれば日のあるうちの方がいいでしょう。早退できませんか？」

「申し訳ありません。今日はそういうわけには……夜じゃ駄目ですか？」

「私はいつでも大丈夫ですが、あなたが一人でいるところに夜お邪魔するわけには——」

ころころと楽しそうな笑い声が聞こえてきた。「大丈夫です。そんなこと気にしないで下さい」

近所の家の出入りを驚くほど知悉している人間というのがいることを、彼女はまだよく分かっていないのだろう。

「しかし、お父さんのいらっしゃらない間に得体の知れない中年が出入りするなんてのは、どう考えても悪い噂のもとです。何とか時間を作ってお昼に——」

「いいんですよ、ほんとに。悪い噂が立ったって構わないんです。どうせ出戻りなんですから」

私はしばらく黙っていた。いらないことまで言わせてしまったという罪悪感と、自分と同じ離婚経験者だということによるシンパシー。私もそうですよ、と言いかけてやめた。

そのシンパシーの中に、「別れたもの同士慰め合うのが自然」といった下心が潜んでいると気づいたからだ。

「そうですか。あなたがお気になさらないのなら、今晩お邪魔することにします。――八時で、よろしいですか？」

「ええ。お待ちしています」

私たちは同時に電話を切った。

8

二谷教授の自宅は、北山通りを越えた閑静な住宅街にあった。コンクリート造りの二階建てで、狭いガレージにはモスグリーンのミニ・クーパーが駐めてあった。京都ではよく見かける車だ。二谷久美子の車なのだろうか。

一方通行の道路の片側には、点々と車が駐めてある。私も二谷家の前に寄せて駐めることにした。車の音を聞きつけて窓からでも見ていたのか、私が車を降りて門の前に立ったときには、玄関の扉は大きく開かれていて、二谷久美子のシルエットが中の明かりで浮かび上がっていた。私は軽く頭を下げながら門を押し開けて入った。

玄関ポーチには鉢植えがところ狭しと並べられていたが、どれもすっかり枯れてしまっている。

私の視線に気づいたのか、久美子は言い訳するように言った。「……このところ水をやるのも忘れていたものですから」

私は黙って頷き、中へ上がった。

案内された二階の書斎はどことなく主人を失った悲しみをたたえているように見えた。しばらくしてその感じが、すべてのものがうっすらと埃をかぶっているからだということに気づいた。ここしばらく誰も出入りしていないのだろう。空気も淀んでいるように思えた。

六畳の和室の片側は一面本棚。棚の上と天井の間のスペースにも隙間なく本が積まれている。奥の窓際には文机があり、その上にはパソコンが置かれていた。和服で正座してキーボードを叩く、理系の教授らしからぬ姿を思い浮かべて、少しおかしくなった。

「コーヒーと紅茶、どちらがよろしいですか」

彼女が訊ねたので私は首を横に振った。

「おかまいなく。――研究室にあったという私物を見せて下さい」

彼女は黙って奥へ進むと文机の横に押しやられていた段ボール箱を引きずって真ん中へ持ってきた。私は箱の傍らに膝を突いて中を覗き込んだ。筆記用具に分厚い書類ホルダー、束ねた封筒、電卓などなど。

「しばらく時間がかかると思いますので、勝手にやります」

彼女は不安そうに頷くと書斎を出て、一階に下りたようだった。私はまずルーズリーフの手帳を探り出して、一ページずつ見ていった。基本的にスケジュール帳で、学会の予定だとか人の名前が書かれている。失踪した九月頃の予定は特に丹念に見たが、気になるようなことは見当たらない。ページをめくっていくと、十月の予定がいくつか書き込まれていることに気がついた。「紀要〆切」「パーティ」などという簡潔な書き込みに混じって、「久美子誕生日」とあるのが目を引いた。

階段を上ってくる足音がして、久美子が入って来た。いらないと言ったにもかかわらずお茶を入れてきたようだった。

「……コーヒーにしましたけど、よろしかったですか」

彼女は自分のカップも用意してきていたので、早めの休憩と諦めて一緒にコーヒーを飲むことにした。

私は手帳を示し、「これをご覧になりましたか」と訊ねた。

久美子は手帳を受け取ると、しばらく黙って教授の文字を見つめていた。再び目を上げたときには暗い、疲れ切った時のような笑みを浮かべていた。

「……父は、他の大事なことは何一つ覚えていられなかったのに、私の誕生日だけは毎年プレゼントを忘れませんでした。母が亡くなってからのことですけど。こんなふうに手帳に書いてたとは知りませんでした」

母親がいないことをなんとかしてカバーしようとしたということだろうか。

「——結婚したこと、言いましたよね。三ヵ月しか持ちませんでした。別れるとき相手の人は私のことファザコンだって。父のところに戻りたいんだろうって。私はその時、違うって言いましたけど、でも、当たってたのかもしれません」

久美子自身のことに興味がないわけではないが、今はそうやって彼女の感傷にいつまでも付き合っているわけにはいかなかった。

「十月のスケジュールが書いてあるということは、やはり失踪は自分の意志ではなかったと考えるのが普通でしょうね」と私は言った。

「ああ……」

そんなことは考えもしなかったという様子で久美子は呟いた。警察は当然この程度のことには気がついているはずだが、特別に捜査を続けなければいけないほどの根拠とは見なさなかったのだろう。

私はコーヒーを飲み干すと、お代わりの申し出を断って箱に戻った。彼女はまだ父親との思い出か何かにひたっている様子だった。

束ねた封筒は、多くが研究者や学生らしき人物からの事務的なものだった。大学宛に来た郵便物なのだから当然だろう。親しい人間なら自宅宛に出すはずだ。書類の山はパラパラと覗くと研究用の資料だか実験の結果だか、とにかく私には何のことやらさっぱり意味不明の書き殴りがほとんどだった。私が見ても仕方がないが、秋本美華あたりに見てもらえば何か分かることもあるかもしれない。あるいは——

相変わらずじっと正座している久美子をちらっと見やり、私は訊ねた。「野村くんという助手をご存じですか」

放心していたのか、突然質問を向けられた彼女はしばし眼をしばたたき、やがてゆっくりした口調で答えた。「……はい。何度かうちへ見えたこともあります」

「お父さんの失踪後にも、お会いになりましたか?」

「いえ……あ、えーと、どうだったかしら。多分、見かけるくらいはしたんじゃないかと思いますけど……。研究室にも行きましたし。――野村さんがどうか……?」

私は一瞬ためらったが、すぐに彼女に隠すことはないと判断した。

「野村くんは、ここしばらくアパートに戻っていないようなんです。研究室の人も、実家の母親も何も知りませんでした」

「野村さんが……? どういうことでしょう」

「分かりません。ただ単に一人旅にでも出ているのかもしれないので、まだ警察には言ってないんですが、少し妙だと思いませんか」

「……さあ……どういう方なのかそれほど存じませんので」

「お父さんは彼の人となりについて何か話していませんでしたか」私は質問の方向を転じた。

「いえ、特には。父は、仕事のことは何も話してくれませんでしたから……」

ということは研究内容についても彼女は何も聞いていないのだろう。

「自宅宛に届いた私信なども、できれば見せていただきたいんですが」

私が言うと、久美子は逆らわず、さらにもう一つの段ボールを引っぱり出してきた。こちらも警察が押収して調べたのだろう。

「私も、何か分かるんじゃないかといくつか中を覗いてはみたんですが……」

彼女はそう言って疲れたように首を振る。何も見つからなかったのだろう。

そう聞くとますます調べる気が失せるが、といって無視するわけにもいかない。私は時間をかけて大量の封書、葉書を読んでいった。

「クレジットカードや銀行のカードなんかはどうなっていますか」

「……警察の方にも聞かれましたけど、父はクレジットカードは絶対作りませんでした。『ツケは嫌いだ』というのが口癖で。通帳やキャッシュカードは全部私が管理していましたのでうちにありますが……ごらんになりますか？」

今あるものを見ても仕方がない。

「失踪時持っていたと思われる現金の額は？」

「さあ……せいぜい二、三万だと思いますけど」

それではますます家出の可能性は低い。どこかで事故か追い剝ぎにあったのでないなら、協力者がいるということになる。警察はやはり女と一緒だとでも考えているのだろうか。

ふと気づくと時間は十一時になろうとしている。私は意味不明の書類やフロッピーなどを持ち帰る許可をもらい、辞去することにした。秋本美華か、研究室の誰かが読むことができるだろうと思ったのだ。家出だと考えているのなら、警察はそこまでしていないだろう。助手の野村が消えたことを考えると、この中に手がかりが隠されている可能性は無視できない。

私が車に乗り込むとき、久美子は門扉に手をかけて、途方に暮れた様子でこちらを見ていた。

彼女がひどく小さな子供のように思え、戻って慰めてやりたくなったが、私は軽く頭を下げただけでそのまま車を出した。

この一ヵ月間、ずっと彼女はあの家で一人の夜を過ごしてきたのだと思った。そして今夜も。多分、明日も。

同情している自分に気づいておかしくなった。私だってたいして変わりはないことを思い出したのだった。

アパートに帰り着いて車を歩道に乗り上げて止め、降りてドアをロックしようとしていると、突然眩しい光を浴びせかけられた。

車のヘッドライトだ。車が近づいているのなどまったく気づかなかったのに、そのライトはわずか数メートルの距離にあった。手をかざして光をさえぎったが、運転手どころか車のシルエットさえ見えない。

ドアが開き、数人の慌ただしい靴音が迫る。

危険を感じて走り出そうとしたときはもう遅かった。

何か激しい衝撃が背中にあって、私は自分の車のドアに叩きつけられた。額をウィンドウに打ちつけ、頭の中が白い爆発で一杯になる。

次の瞬間、死んだゴキブリのように夜空を見上げて倒れていた。

叫ぶ暇もなかった。相手が何人かも分からない。

無数の靴に蹴飛ばされ、踏まれた。やがて襟元をつかまれて引きずり起こされ、何かの上に乱暴に乗せられた。車のボンネットだ。

両手を後ろ手に押さえつけられ、上着やズボンのポケットを探られているのをぼんやりと感じていた。全身が高熱を発しているようで、暑くて暑くて服を脱ぎたくて仕方なかった。

誰かが私の名を言った。呼ばれたのではなかった。私の免許証か名刺を見つけて誰かに読み上げているのだった。手が緩んだ気がしたので私はもがいたが、すぐにボンネットに押さえつけられる。

「……やっぱり探偵か」呟く男の声が聞こえた。

すぐにその声は耳元へやってきて、囁くように言った。「いくらで雇われた?」

私は答えようとしたが、口の中に何かが溜まっていて言葉にならなかった。

「いくらで雇われたんや?」男の声が大きくなる。

口の中の物をボンネットの上に吐き出すと、喋りやすくなった。

「……一日四万」

「いつ頼まれた？」

しばらく考えないと分からなかった。黙っていると、頭が持ち上げられ、ボンネットに叩きつけられた。ねっとりとした何かが顔にへばりつく。ようやく今日がまだ調査の初日でしかないことを思い出した。

「昨日だ！　……昨日だよ」

「昨日？」

そう聞き返した声には、信じられないという響きが含まれていた。

「なんで昨日頼まれてすぐあそこが分かったんや？」

質問ではないようだった。「あそこ」がどこを指しているのかもさっぱり分からなかった。しばしの間、質問も暴力もなかった。よほど驚いたらしかったが、一体何に驚いているのか私には分からない。

「あんたたちは、一体（いったい）……」

言いかけたとき、髪の毛をつかまれてぐいと体を起こされた。初めて男の顔が見えた。やくざっぽい口調から想像したのとは反対の、ひどく華奢（きゃしゃ）で幼い顔をした青年だった。

「うるさい！　黙れ！　……ええか。五体満足でおりたかったら、この仕事はもう断れ。何も手がかりがないから金の無駄（むだ）ですって言うてな。分かったか？」

「……あんたたちが、教授を、誘拐、したのか？」

言い終わる前に膝で腹を蹴り上げられた。華奢な体のくせに、杭を打ち込まれたかと思うような蹴りだった。私は体を折って、アスファルトに胃液を吐いた。

「質問するな！　仕事を断れ、っちゅうとんのや。どうなんや。断るんか断らへんのか」

「……断る。断ります。はした金でこんな目にあうんじゃとても割に合わない」私は怯えたような声を出したが、演技なのかどうか自分でも分からなかった。

「……そうや。よう分かっとるやないけ」

見上げると、男が笑みを浮かべたように見えた。これで解放される、と安堵した瞬間、衝撃が脳天を襲った。

倒れた、という意識はなかった。ふと気がつくと冷たいアスファルトに横たわっていて、自分の車のシャーシを覗き込んでいる。男達の気配はまったくない。意識を数分失っていたのだろう。彼らの車のナンバーを見ることもできなかった。光を浴びせたのはそれが狙いだったのかもしれない。

指を一本動かしただけで全身に激痛が走る。どこか骨が折れているのだろうか。

うめき声を上げた。誰かが聞きつけてくれることを期待したが、いつもはそこそこ人が通るはずのこの通りも、足音一つ響いては来なかった。時折通る車からは、倒れている私は陰になって見えないだろうし、うめき声など届くはずもない。

私は歯を食いしばって痛みをこらえ、肘と脚を使ってじりじりと道路側へ這い始めた。脳天に突き刺さるような痛みに一瞬気が遠くなる。快感と区別が付かないほどの激痛だった。しばらく休んで、また少し這う。少しずつ、体のどこが痛いのか把握できるようになってきた。まず頭。これは割れるように痛い。そして肩に背中に腰。骨に異常があるのではないかという感じの痛みで、動くと一番響くのはここだった。そして太股の外側の筋肉。これは打ち身だ。

被害の程度が分かると少しパニックも収まった。大丈夫。死ぬことはない。

さらに這い続けると、車の陰から道路に出た。

ライトが近づいてくる。前に転がり出れば気がついてもらえるかもしれないが、轢かれるかもしれない。躊躇している間にその車はかたわらを走り去った。

くそっ。

その時、上着のポケットからピーピーという電子音が鳴り出した。

沢田だ。沢田がポケベルを鳴らしている。それとも留守電か？

しかしこれでは電話にさえたどり着けない。

「……大丈夫ですかあ？」

声が降ってきた。ゆっくり顔を上へ向けると、学生らしき若者がおそるおそる覗き込んでいる。酔っぱらいだとでも思っているのだろう。

「大丈夫じゃ……ない」

やっとの思いでそれだけ言うことができた。

9

「お前、あほちゃうか。何で救急車呼ばんのや」

仕事用のワゴンのバックシートに私を担ぎ込んですぐ、沢田はそう言った。

声をかけてくれた学生にポケベルを見てもらうと案の定沢田が酒場から掛けてきていたので、そこへ電話をしてもらったのだ。沢田はすでにだいぶ飲んでいる様子だったが、駆けつけてくれた。

「……救急車を……呼ぶほどじゃない」

「あほか。自分で歩けへん奴はな、救急車呼べばええんじゃ。大体、どこの病院に行ったらええか分からんやないか」

「……お前の所で、頼む」

私が言うと、沢田はしばらく黙り込んだまま車を走らせていた。

やがてぽつりと漏らすように言った。

「――頭、いかれてもうたんか」

「ある程度なら、何とかなるだろう？　動物の痛み止めは、人間用と成分が違うのか？」

「資格もないのに医療行為したら犯罪なんやで。知っとるか？」

「……ああ」

半ば諦めつつ答えると、沢田はやがてにやにやと笑い始めた。

「……俺も獣医師会のブラックジャックと呼ばれた男や。何とかしたろうやないか」

「お前――まさか無免許か？」

「あほう！　腕がええっちゅう意味や。まあ任しとき」

私はとんでもなく無茶な真似をしているのかもしれないと思いながらも、普通の病院に行く気にはどうしてもなれなかった。銃創や刺創ではないのだから警察に通報される心配は少ないだろうが、そんな心配以上に、襲った連中に負けを認めるようで嫌だったのかもしれない。

自力で――できるかぎり自力で傷を治し、彼らの正体を突き止める。殴られることには多少慣れている。あの程度のことで傷つくほどの自尊心もはや持ち合わせてはいない。ただ、警察の力を借りずに彼らの正体を突き止め、依頼を全うすること――それができないのなら私には何一つ誇るべきものがなくなってしまう。

理不尽に暴行されたことへの怒りは、手詰まりを解消してくれたという喜びで帳消しになっていた。

二谷教授は間違いなく何か組織的な陰謀に巻き込まれたのだ。そのことを確信できただけでも殴られた価値はあった。

ワゴンが事務所のビルに到着し、私は沢田の肩を借りてエレベーターまで歩いた。深夜、事務所に来るのも久しぶりのことだった。

沢田は病院の鍵を開け、真っ暗な中、私を引きずるようにして待合室のソファに寝かせた。乱暴に放り出されたので、体中に激痛が走り、うめき声をあげた。

「ちょっとくらい我慢せえ。——ここでやるしかないな。ヒトが寝られるような診察台はあらへんからな」

奥にいる犬達が私達の気配に気がついたのか、きゃんきゃんわんわんと騒がしい声を上げる。

沢田が電気をつけて奥へ引っ込むと、犬たちのわめき声は心なしか喜びの声に変わったように聞こえた。案外動物受けのいい男なのかもしれない。やがて金属製のワゴンのようなものをからからと押しながら戻ってきた。

「お前、体重は？」

「……六十八……くらいかな」

何やら頭の中で計算をしているようだった。

「ま、これだけあれば足りるやろ。……上着脱いで」

そう言われても、自力では半身を起こすこともできない。手を借りて起きあがり、上着を脱いだ。シャツの袖をまくりあげると、沢田はアンプルを取り上げて先を折り、注射器を突き刺して中身をすべて吸い込んだ。

「……注射なんかして、大丈夫なのか」

「今さら何言うとんねん。俺に見てほしいっちゅうたのはお前やろ。黙って腕出さんかい」

私が腕を出すと、沢田は念入りにアルコール消毒をした後、顔を近づけてまじまじと見つめる。

「ふんふんふん……なるほど。静脈が太うて分かりやすいな。何とかなるやろ」

さすがに針が近づいたときには私も一瞬後悔した。看護婦でさえ始めのうちはいろいろ失敗もするのだ。動物の体しか知らない奴に注射までさせるなんて馬鹿だ。

そう思った瞬間には針はちくりと腕に潜り込んでいた。薬がプランジャーに押されて血管に入っていくのを、まばたきも忘れて見つめていた。脱脂綿を押しつけて針が抜かれてからも、私はまだ何かミスがあったのではないかと疑っていた。

「ま、こんなもんや。人類みな兄弟。地球は家族や」

沢田は意味不明のことを言いながら悦に入っている。

「……何の薬だ？」

「痛み止めや。心配すんな。まちょっと副作用があるかもしれへんけどな」

「副作用？」ぎくりとして聞き返す。

「……そやな……嗅覚が鋭敏になったり、しょんべんする時に片足あげとうなったりとかな。ま、生活に支障はないやろ」

沢田は腹を抱えて笑い出したが、私はむっつりと黙ったままでいた。

「……ユーモアの分からん奴やな。これやから田舎もんは困るわ。さ、服脱げ」

シャツを脱がされると、冷え切った待合室の空気が、痛みで熱を持った身体に心地よかった。

沢田が肩から腰にかけて触診すると、どこを触っても激痛が走る。

「折れてはおらんようやけど、ひびくらい入っとるかもしれへんで。やっぱ病院行った方が――」

「折れてないんならいい」

「……テーピングしといたる。他に痛いとこないか？」

後頭部と太股(ふともも)が痛いと素直に言うと、太股には湿布をしてくれた。

「こぶになっとるようやから多分大したことないやろけど……頭の中のことやから何が起こるか分からん。中で出血してたら明日の朝は冷とうなっとるかもな」

「気がつかないうちに死ねるんならそんないいことはないさ」

そううそぶいたが、まんざら冗談でもなかった。病気の苦しみは、私が耐えられそうもないものの一つだ。

「それに多分、奴らはプロだ。手加減の仕方も心得てる」

「……プロ？　やくざか？」

沢田は話をしながらも手当を続ける。案外、人間も時々見ているのかもしれないと邪推するほど慣れた手つきだった。

「……多分」

「やくざが大学の先生とどういう関係があるっちゅうねん」

「まだ分からない」

「そいつらが、何でお前を襲わないかんのや」

「……邪魔なんだろ」

「なんで？　警察が調べたって何も摑めんかったんやろ？　お前一人くらい放っといてもかまへんやないか。よっぽど腕利きやとでも思われてるとか？　まさかな」

私は口を開きかけたが、彼の言う通りだということに気がついて再び閉じた。

そうだ。私が何かを摑んだというのならともかく、まだ調査にかかって一日目。手がかりらしいものといえば野村という助手の姿が見当たらないことくらいだが、そこからどうやって教授の行方を突き止めればいいのかはまだ分かっていない。なぜあそこまで私を脅す必要があったのかの答にはならない。彼らが私が何者か知らなかったことを考えれば、沢田の

〝腕利き〟説もありえない。

何か引っかかる。

しかし何が引っかかるのか考えている間に、頭の中にもやのようなものが広がりはじめ、急速に眠くなってきた。

溶け始めたソファに身体がずぶずぶと沈み込んでいく。

沢田……お前、注射の分量間違えたんじゃないだろうな……？

そう聞いたつもりだったが、言葉にはならなかったようだ。唇さえ思うように動かない。

「あ、何だ？　何か言ったか？」

問い返す沢田の声も、遥か彼方から聞こえてくるようで、すべてが遠のいたかと思うとやがて柔らかな暗黒が私を包んだ。

悲鳴で目を覚ました。目を開けると、戸口に立った溝口亮子が私を見て口を押さえている。

「た……探偵さん……！」

しばらく状況が飲み込めなかった。亮子の部屋に泊まったのだろうかとさえ考えて、ようやく大体のことを思い出した。

「やあ亮子ちゃん。——もう朝か？」

待合室には窓がないが、亮子が出てきているからには朝に違いないと考えながら、そう言った。

起きあがろうとすると、沢田がかけてくれたものらしい毛布が床にずり落ちた。上半身は裸のままだ。

きゃっと叫んで目でも押さえるかと思ったが、さすがにそんなことはしなかった。

「どうしたんです、それ？」私の身体のあちこちに貼られたテーピングや湿布に気がついて彼女は訊ねる。

「……うん、まあ、いろいろあってね」私はそう答えるしかなかった。

奥から毒づくような呟きと、何かをがたがたと蹴飛ばすような音がして、沢田が出てきた。私一人を置いて行くわけにもいかず、彼もここに泊まったのだろう。

「先生まで！　どうしたんです？　まさかここで酒盛りしてたんじゃないでしょうね」

もしそうだったらお仕置きでもしそうな口調で、亮子は沢田と私を睨んだ。

「なんでここで酒飲まなあかんのや。こいつの怪我を診ただけや」

「怪我を……診た？　診たってどういう意味ですか」

「いや、その、なんや。湿布を貼り替えたったんや。そう。それで、こいつが眠なってそのまま寝てしまいよったんや。そやから俺も、帰れんようになって……」沢田は口が滑ったと思ったのか、少し表現を言い換える。

「この椅子で？」

私達は揃って頷く。

亮子は納得していない様子だったが、沢田がそれ以上説明しないので諦めたようだった。

「……まあいいですけど、シャツくらい着替えて下さいね。そんな汚い格好じゃお客さんが逃げます」

「ああ。分かっとる分かっとる」

沢田が答えると、亮子は首を振りながら受付に入り、白衣にさっと袖を通して椅子に座り、早速仕事を始めた。

私が痛みをこらえて身体を起こし、足を床に下ろすと、沢田は生あくびをしながら私の隣にやってきて疲れたように腰掛けた。

「……何だか嫁さんみたいじゃないか」私は声をひそめて言った。

「……そうなんや。最近すっかり尻に敷かれてるみたいでな。俺、母性本能くすぐるタイプみたいやねん」

真面目な顔をして言ったが、多分冗談だったのだろうと気にしないことにした。

「――夕べは助かった。今晩、何かおごるよ」

「法を犯してまで助けたんやからな。代償は高いで。覚悟しときや」

沢田の手を借りて何とかシャツを着ると、私は病院をよろめきながら出た。

上着のポケットを探ると、事務所のキーも車のキーもちゃんと落とさずに持っていたので、とりあえず事務所の鍵を開けて中へ入ることにする。

何とかデスクを回り込んで自分の椅子に倒れ込んだ。何からするべきか考えようとしたが、まったく頭が働かない。痛み止めがまだ効いているのか痛みはそれほどでもないが、全身が強ばっていて、頭もぼんやりする。

ノックの音がして、返事をする間もなく亮子が入って来た。つかつかと歩いてきてデスクの上にマグカップを置くと、コーヒーの香りが鼻を突いた。多分インスタントだろうが、今の私には一番必要なものだった。私の部屋にもコーヒーくらいはあるが、今は自分で立って入れる気にもならない。

「ありがたい。ちょうど今飲みたいと思ってたところなんだ」

「……ゆうべ何があったんです？」

声をひそめて訊くところを見ると、それが知りたくてわざわざコーヒーを持ってきたのかもしれない。

「君にも沢田にも関係ないことだから、心配しなくていいよ」

「怪我……大丈夫なんですか？　――ケンカ？」

「階段から落ちたんだよ」

私が答えると彼女は頰を膨らませた。

「もう……嘘ばっかり。子供みたい。どうして男の人って、そうやっていつまでも子供でいられるのかしら」

私は黙って熱いコーヒーを啜った。自分では入れない砂糖が入っていたが、妙にうまく感じる。疲労と空腹のせいだろうか。

亮子はしばらく私をにらみつけていたが、やがて諦めて出ていこうとした。戸口のところで振り向いて、最後にこう言った。「何かできることがあったら、言って下さいね」

「……ああ」

私が答えると、彼女はいつもの笑みを浮かべて出ていった。

こんな若い娘にさえ心配されるというのが、嬉しいような情けないような複雑な気持ちだった。

甘いコーヒーを飲み干すと、少し元気が出てきた。それと同時に、薬が切れ始めたのか身体がちゃんと目覚めた証拠か、ずきずきと怪我が痛み始めたが、それもかえって寝ぼけた頭を醒ます役に立った。

ゆうべ起きたことを筋道立てて考え始める。

男達は私を襲ったが、まずしたことは身元を確かめることだった。彼らは私が何者かを知らなかった。

このことは重要だ。私が何者かを知らなかったということは、彼らは私の自宅前で待ち伏せていたのではないということになる。待ち伏せでなければ、尾行したのに違いない。どこから？　おそらく、二谷家だろう。彼らは張り込んでいたのか、偶然か、二谷家に入る私を見つけ、そっと後をつけた。そして車を降りたところで少し強引な手段で身元を確認したのだろう。

しかし、私が探偵で、二谷久美子に父親探しを依頼されたことが分かったからといってなぜ慌てる必要があるだろう？　沢田が言ったとおり、警察さえ何も摑めなかった事件なのだ。民間の探偵が一体どんな脅威になるというのだろう。もしあの脅しに屈して私が手を引いたとしても、久美子はまた別の探偵社に行くかもしれない。彼らはまたそいつも暴力で手を引かせるつもりなのだろうか？

違う。何か違う。

二谷家に出入りする人間全部を捕まえてこんな手荒なことをしていたのでは、普通なら警察沙汰になるだろうから、彼らが私を襲ったのには何かそれなりの根拠があったはずだ。どうしても私の正体を確かめなければならないと思うような根拠。

その時唐突に、彼らの一人の言葉を思い出した。『なんで昨日頼まれてすぐあそこが分かったんや？』彼はそう質問した。私にはあの時意味が分からなかった。「あそこ」というのがどこのことか分からなかったからだ。二谷家のことであるはずがない。依頼者の家を知っているのは何の不思議もないのだから。大学であるはずもない。ではどこのことか？　野村のアパートか？　そうではないだろう。あそこだって別に秘密の場所でも何でもない。

――まさか。

真相とおぼしきものを摑んだような気がしたが、しばらくはその仮説が自分でも信じられなかった。それはとてもありそうもないことのように思えた。

ひとまずその仮説は置いておき、別の可能性がありうるのかどうかを考えてみた。立ち上がり、自分でもう一杯のコーヒーを入れる。幸いお湯は電気ポットに半分以上残っていた。ブラックのままちびちびと飲んだが、それを飲み干しても、何一つ違う仮説を立てることはできなかった。

間違いない。二谷教授を誘拐したか殺害したであろう連中は、消えたカンガルーの事件にも関係がある。そうでなければ筋が通らない。

カンガルーのことを調べに来た私を、あれからずっと付け回していたのかもしれない。それとも、たまたま二谷家を張り込んでいた男が、私に見覚えがあったのか。いずれにしろ「あそこ」とはあの動物園、「ノアズ・アーク」のことに間違いない。カンガルーを調べに来た人間が二谷久美子に依頼を受けた探偵と分かって、彼らは驚愕(きょうがく)したのだ。だからこそ、いつ依頼を受けたのか訊ねた。「昨日だ」という私の答に驚いたのも当然だ。

きっと彼らは何の証拠も残していないつもりでいたのに違いない。私がどうやってあの動物園にたどり着いたのか不思議でしょうがなかったことだろう。まさか私が関係ない（はずの）別の依頼で赴いたなどとは思いもするまい。

私は苦笑した。これが名探偵の正体と知ったら、彼らはどんな顔をするだろう。
手がかりは動物園にあるはずだ。どうやってそれを手繰ろうか。
私は、咲(さき)と呼ばれていたあの少女の連絡先を知らないことに気づいた。

10

沢田の病院には、九時前だというのに、すでに客——患畜とその主人達——が訪れ始めていた。私は普段こんな時間には出勤していないので、彼がこんな早くから働いていることも知らなかった。

彼の手を煩わせるまでもないと思い、廊下から受付の窓を叩いて亮子を呼んだ。

「はい……あら。何ですか?」

「サムっていう犬がここの客にいただろう。その飼い主の連絡先を教えてもらいたいんだが」

「サム? ……マウンテン・シープドッグのサムちゃんですか? どうしてまた」

あの犬がそういう種類だとは知らなかったが、私は頷いた。

「沢田に仕事を頼まれたんだが、連絡先を聞きそびれてね。あいつに確認してもらえれば分かる」

亮子は訝しげな表情をしていたが、沢田の確認は取らずにカルテを繰った。

「えーと……サムちゃんのご主人は……これですね。久保川愛さん。住所は……いいですか？」

私が手帳を取り出すと、亮子は右京区の住所と電話番号を読み上げた。結構離れているのにわざわざこの病院へ来るところを見ると、沢田もそれなりに評判があるのだろうか。この汚い雑居ビルを見ている限りとてもそうは思えないのだが。

一旦事務所に戻って教えられた番号へ電話をかける。

トゥルルル……と鳴ったかと思うと、すぐに女性の声が出た。

「はい、久保川ですが」

私は名前を名乗り、沢田犬猫病院の向かいにいる探偵であることを告げた。

「は？　探偵さん……」

私は一瞬、違う相手に電話しているのではないかと疑ったが、すぐに彼女はこう続けた。

「ああ、思い出しました。咲がお邪魔した――」

「はい、そうです。――お嬢さんは、いらっしゃいますか」

「え、咲ですか。今は学校に行っておりますけど……咲が何か――？」

「いえ。先日のお話をもう少し詳しく聞かせていただきたいと思いまして。学校から戻る頃に伺ってもよろしいでしょうか」

「咲に……話をですか？　あの、カンガルーがどうしたとかいう……」不審そうな口調だった。「ええ。そうです。いつ頃お帰りですか?」

「三時頃には戻ると思いますけど……あの、ほんとにカンガルーのことだけでうちに?」

そんなことで探偵が動くはずないと思っているのだろう。私だってあの時は何もするつもりなんかなかったのだから、そう思うのも当然だ。

「あの、咲が何を言ったか知りませんけど、とてもうちには探偵さんなんか雇うお金はないんです。いくらか知りませんけど。とにかく余裕はないんです。ですから――」

電話のセールスなどには悩まされているのだろう。断るのには慣れている口振りだった。しかし慣れるのとうまいのは別だ。彼女は決して断るのが得意なタイプではなさそうだった。

「分かってます。こちらの事情で、どうしてもカンガルーのことを調べなければならなくなっただけです。お宅からお金をいただく必要はありません」これだけでは信じてもらえないような気がして、私はつけ加えた。「別の犯罪と、関係がある可能性が出てきたのです」

「犯罪……ですか?」

まだ私を信用するかどうか決めかねている様子だったので、たたみかけるように三時に行くことだけを伝え、断られる前に電話を切った。優柔不断そうな感じだったから、すっぽかして逃げるようなことはすまい。しかも「犯罪」と関係があることを言っておいたから、義務感や不安を抱いて、そのせいで私に会ってみようと思うかもしれない。

三時までの間、一旦アパートに戻って少し身体を休めるべきだろうかと考えていると、ノックの音がした。

「はい?」どうせ亮子だろうと思って返事をすると、ドアが開いて、どこかで見たような顔が覗いた。

「ああ! いましたね。よかったよかった。今日はね、おたくにぴったりの商品をいろいろ持ってきたんですよ」

おとといのセールスマンだった。何とか探偵協会だかなんだかの男だ。あれだけ強く断ったにもかかわらず再訪するとは一体どういう神経をしているのか。

「悪いが、忙しいんだ。帰ってもらえないか」

男は私の言葉が耳に入らない様子で、アタッシェケースをデスクの上に載(の)せる。

「おや? 顔に痣(あざ)ができてますね。尾行相手に気づかれて殴られたとか?」

「違う」私は否定したが、こてんぱんにされた事実に変わりはなかった。

これまではそんな考えは浮かびもしなかったのに、このセールスマンを前にしていると段々それが恥ずべきことのように思えてきた。

「じゃあ、奥さんに浮気がばれましたか? 灯台もと暗しって奴だったりして」

いい加減うんざりして、否定も肯定もしないことにした。

「この間持ってきたのはね、ま、言ってみりゃ最高級品のセットだったわけ。品質を考えれば決して高い買い物じゃないんだけど、ま、私みたいな〝怪しい者〟に払うにはちょっと躊(ちゅう)

躇するのも分かりますよ、あはは。それでね、今日は廉価版のセットを持ってきたわけ」

前に来たときは「これが最低限のセット」と言っていたような気がするが気のせいだろうか。いずれにしても私の答には変わりはなかった。

「廉価版だろうが激安だろうがいらないものはいらない」

「ま、そういうこと言わずに見るだけ見てよ。絶対損はさせないから」

男はケースの中身が私にも見えるように横へ向けて開き、勝手に説明を始める。

「テープレコーダー、小型カメラ、発信機に受信機。機能も品質もこの間お持ちしたものとほとんど変わりないんですが、値段は半額以下。どうしてそんなに安いのか、不思議に思うでしょう？」

「盗品なのか？」私は言ってやったが、男は少しも怯まなかった。

「またまた。冗談がきついね。前回お持ちしたのはね、どれも新製品。こっちは少し型が古いわけ。でもおたくみたいに、何でもかんでも新製品がいいっていうわけじゃない人は、どっちでもおんなじ。でしょ？　もちろん我が互助協会の推奨品ですから、品質は保証済み。これだけのセットが何と月々一万円で手に入るなんて信じられないでしょ？　一万円ですよ！」

「前のやつだって月々一万でいいって言ったじゃないか」私は前回ほど、男とのやりとりを自分が嫌がっていないことに気づいた。詐欺まがいの商法というのがどういうものか、この男が目の前で実演してくれていると思えば結構楽しい。

「やだなあ。もちろん月々一万っていっても払う期間が違いますよ。こっちはたったの……二十ヵ月」

「つまり二十万」

「……まあ、そういうことになりますが」男は不服そうに頷いた。きちんと値段を知られるのが嫌らしい。しかしすぐ気を取り直したように続けた。

「でももちろん、現金一括なら、もっとお安くしますよ。今月は促進月間に当たりますんで、特別に税込み十七万八千円のキャンペーン価格」

「年中促進月間なんだろ」

痛いところを突いたつもりだったが、男は笑っただけだった。

「あはは、よくご存じで。参っちゃうな。こんなに鋭いお客さんは初めてです。でもね、この商品はほんとにお買い得だし、さっきも言ったように型遅れですからね、売り切れちゃえばそれでもうおしまい。後で欲しいと思ったって、その時はもう倍以上の値段のセットを買うしかないわけです」

「機能も品質もほとんど同じなのに倍以上の値段のね」

「ええ。ほとんど同じ……」男は頷きかけて慌てて首を振った。「いえ、もちろんあれはあれで充分お買い得なんですよ。新機能もついてますし、発信機はGPSを使った最新型ですから。GPSはご存じですよね？」

「ああ」私は嘘をついた。見栄を張ったわけではなく、知らないなどと言おうものなら、きっとその説明を長々と始めるに違いないと思ったからだ。帝都リサーチでは結構いろんな機材が揃っていたが、あそこでも聞いたことのない言葉だった。きっと最近開発されたものなのだろう。いずれにしても興味はなかった。機械はシンプルなものほどいい、というのが私の信条だった。

「GPSなら完璧な追跡ができますが、この発信機だって通常の活動なら充分役に立ってくれます」

「車の尾行なら、慣れてるんだ。発信機なんて必要ないね」自信があるのは本当のことだったが、実は発信機が欲しいと思ったこともないわけではない。依頼も少ないのに、とても機材に金を回す余裕がなかっただけのことだ。

「……なるほど。じゃあ護身用品はいかがです？　荒っぽい仕事をしてらっしゃるようだし。ここにはお持ちしてませんが、各種取り揃えてあります。スタンガンに警棒、ご要望とあればNYPDも採用している防弾チョッキだって手に入れられますよ。最近は素人も拳銃持ってたりしますからね。痴話喧嘩の巻き添え食って撃たれた探偵を、私知ってますよ」

機械のことは分からないが、NYPDはニューヨーク警察のことだと分かった。わざわざ略称を使うのは、専門家だと印象づけようということだろう。

「拳銃はないのか？」半ば冗談で言うと、男は黙り込んでしまった。答に悩んでいるということは、手に入らないこともないということなのだろう。

「今のは冗談だ。忘れてくれ」私が慌てて言うと、男はほっとしたように見えた。

「そ……そうですよね。うちは非合法の品は扱っておりませんので」

嘘つけ、と私は心の中で呟いていた。ただの詐欺師のようにも見えるが、もしかしたら暴力団などともつながりのある男かもしれない。

男はしばらく言葉を失ってしまったようだった。彼は唇をなめなめ私の前に立ち尽くしていた。

私は深々と椅子に腰掛け、素人漫才師を品定めする審査員みたいに彼を眺めてやった。

「……そうだ！　こういうのはどうでしょう。このセットをモニター使用していただいても構いません。二週間無料で試用していただいて、気に入らなかったらそのままお返しいただくというのは」

「えらく気前のいい話だが、無駄だね。前にも言ったが、こんなものに金を払う余裕はないんだ」

「月々一万円くらい、中学生だって払えますよ！」

当たっているだけにぐさりときた。

「中学生は家賃を払わなくてもいいからな。――商品説明は終わりかな？　だったら私もそろそろ出かけたいんで帰ってくれないか」

男は信じられない様子で首を振る。

「おたくほど頑固な人は初めてですよ。――おたくのためを思って、こうやって何度も足を運んでるんだけどなあ」

「余計なお世話だ」

私が毒づくと、男はにやりと笑ってアタッシェケースを閉じ、「また来ますよ」と言いながら取り上げる。

「何度来ても同じだ」私は出ていく男の背中に言葉を投げつけたが、彼は振り向きもしなかった。

男が出ていった途端、後頭部がずきずきと痛み始めた。やりとりを半ば面白がっていたせいか、痛みをしばらく忘れていたのだ。

私はもう一杯コーヒーを入れ、役には立たないかもしれないと思いながら、引き出しに放り込んであった頭痛薬を飲んだ。

その効果かどうかは怪しいが、すぐにやるべきことに思い当たった。

電話を引き寄せ、新聞社に勤める友人の携帯に電話をかける。地方新聞だが、地元の情報なら彼ほど頼りになる人間はいない。帝都リサーチ時代にできた関係だったが、個人的にうまがあったこともあって、あそこをやめてからもちょくちょく世話になっている。私より少し若い、社会部の記者だった。

「はい、芳賀です」すぐに応答があった。受話器の向こうからは街のざわめきが伝わってくる。今日もどこかを飛び回っているのだろう。

私が名乗ると、苦笑を伴った歓迎の言葉が返ってきた。「これはこれは、お久しぶりで。なんぞご用で？」

「京都駅の南に動物園ができてるのを知ってたか？」私はすぐに本題に入った。

「そりゃまあ、知っとるけど。それが何や？」

「あの動物園に関して、何か分かることがあったら何でも知りたいんだが」

「何か分かることって言われてもな……経営者とか資本金とかやったらパソコン通信ででもすぐに分かるやろ」

「……そんなものが使えないのは知ってるだろう？　簡単に調べられるんなら、そっちで調べてくれないか」

「そりゃまあええけど……何でまた動物園なんか？」

彼がそういう反応を示すということは、別段あそこに関して黒い噂が拡がっているなどということはなさそうだ。

「もう少しはっきりしたら教えるが、大きな事件になるかもしれない」

もちろんそう言っておいた方が彼も張り切って調べてくれるだろうというもくろみだった

が、実際そういう予感がしていたのも嘘ではなかった。プロらしき男達が、問答無用で私を襲ったことからも、よほど暴かれては困ることがあの動物園や二谷教授の失踪の陰に隠れていると考えていいだろう。

「大きな事件ね。何回聞いたかな、そのセリフ。まあええわ。社に戻った時に調べて連絡するわ。急ぐんか？」

「できれば、二時ぐらいまでに、自宅の方にかけてほしい」

「分かった。ええ子にして待っとき」芳賀はそう言って電話を切った。

沢田にしても芳賀にしても、関西人というのはどうして余計な言葉をつけ加えるのだろうかと不思議に思った。

私は亮子に声をかけて事務所を後にし、タクシーを拾ってアパートに戻った。

襲われたとき車をロックしたかどうか自信がなかったのだが、幸い盗まれても荒らされてもいないようだったので安心する。

ボンネットには汚物がこびりついていたが、元々汚れ放題汚れていたので余り目立たない。

痛む身体を引きずるように階段を昇り、自分の部屋にたどり着くと服のまま布団に倒れ込んだ。痛み止めの薬のせいか、再び眠気も訪れていたので、目覚ましを二時にかけてしばらく休むことに決めた。

この休憩は、夕べの超過勤務と帳消しにすればいい。

目覚ましの前に電話で起こされた……と思ったら二時十五分。止めて再び寝たのか、きちんと目覚ましをかけなかったか。咲という少女の家へ急がねばならない。

いずれにしろ電話に出るのが先だ。

「……もしもし」

「ノアズ・アーク。華々しい宣伝で開園したのが、今年の七月三日。元々これを手がけてたんは野島興業という風俗産業を手広くやって一時期儲けてた会社らしいんやけど——」

「ちょっと……ちょっと待ってくれ」

芳賀は名乗りもせずに調査の結果を報告し始めたので、私は慌ててメモを探した。

「社長の名前は野島昭一。ただしそれは去年まで。野島興業も例に漏れず不動産にあちこち手を出してて、バブル崩壊後、経営が行き詰まる。そんなわけでノアズ・アークの計画は一時中断されてたんやけど、それが去年突然社長が永井達郎っちゅう奴に交代してから工事が再開されて、今年の開園となったわけや」

「……景気も多少は回復したってことか」

「そんなことやない。誰かが会社ごと買い取ったんや」

「誰が？」

「……それはこれから調べるところや。でもそういうのは俺の専門やないからな、誰かに訊かなあかんやろう」

「——だから？」

「おいおい。何の理由もなくそんなこと訊いてまわれっちゅうんか？　ちょっとくらい何の事件と関係あるんか教えてくれたってええやろ？」

彼の言い分ももっともだった。

「……ある人物の失踪と関係がありそうだとしか今は言えない。ある重要人物だ」

テレビにも出るような学者なら、そう言っても嘘にはなるまい。

「重要人物の失踪？　そんな事件あったかいな……」自力で調べだして二谷教授の事件だと気づくかもしれないが、その時は仕方がない。せいぜい力になってくれることを望むだけだ。

「できればさらに調べておいてくれないか。きっと損はさせないと思う」

「重要人物ねえ……」

私の言葉はもう聞いていない様子だったが、構わず電話を切った。急がねばならない。

くしゃくしゃになり、所々赤錆のような血の染みのついたワイシャツとアンダーシャツを脱ぎ、クリーニングしたてのものに着替えた。シャワーを浴びている暇はない。適当に背広を選んで飛び出し、車に乗ったのが二時四十分。西へ向けて車を走らせ、咲の家があると思われる辺りに駐車したのは三時を五分ほど回った頃だった。車の中で住宅地図を見て久保川という家を確認してから歩き出す。

山陰線の線路を南へ越え、ごちゃごちゃと迷路のような家並の中に赤い瓦屋根の小さな家があった。「久保川」という表札は出ているが、犬小屋が見当たらないので果たしてここであっているのかと悩んでいる時に、後ろから声をかけられた。

「探偵さん！　探偵さんでしょ？」

しゃれた皮のリュックを背負った少女が、私が今来たばかりの道を駆(か)けてくるところだった。犬小屋は多分裏にあるのだろう。この家で間違いなかったのだ。

「マチルダさんが見つかったの？」勢いがつきすぎて私にタックルしそうになりながら、彼女は訊(たず)ねる。

「いや、まだだ」

「……そう」

少女は一瞬落胆の表情を見せたものの、すぐにそんなことは分かっていたと言わんばかりに肩をすくめる。「いくらなんでも早すぎるわよね」

ため息をつきながら傍らを通り過ぎ、そのまま玄関から中へ入ってしまおうとする。

「ちょっと待って！」

声をかけると、私がなぜここにいるのか訝(いぶか)しげな表情で振り返る。

「詳しい話を聞きたいんだ。その……マチルダさん……のことを」

沢田なんかが近くにいたら一体何を言われるだろと考えるだけで顔が赤らむようだった。

「えーっ……でもママが、知らないおじさんと話しちゃいけないって」

誰が知らないおじさんだ、と怒鳴ってやりたい気持ちをぐっとこらえた。まったく困ったガキだ。

「……ママには話してある。中に入れてもらえるかどうか、訊いてきてくれないか」

「うん」

ただいま、と言いながら玄関のドアを開け、靴を脱ぐが早いか奥へ姿を消した。私は中には入らずドアを手で押さえて待った。

やがて奥から咲の母親がジーンズ姿で現れる。後ろに隠れるようにして咲がついてくる。

「ああ……どうも」母親は当惑した様子で頭を下げる。

「どこかでお話を聞きたいんですが」

「そ……そうでしたね……じゃあこちらへ」

まだ納得がいかない様子ながら、彼女は私を居間へ案内した。

私がクッションを積み木のように重ねたローソファに腰掛けると、少女はその隣にぽんと飛び乗るように座った。母親は目でたしなめながら、いつでも立ち上がれるような姿勢でカーペットに膝を突いた。

「それで？」咲が上目遣いに私を見て言った。

「……動物園でマチルダさんを最初に見たのは、いつのことか覚えてるかい？」

「七月三日」彼女は間髪を入れずに答えた。

「今年の、ね」

「なるほど」私は頷きながら、それがノアズ・アークの開園日であることに気がついた。

「新しい動物園ができたんですぐに連れていってもらったんだね？」

「そうよ。パパとママと、おじいちゃんと一緒に行ったの。ずっと前から約束だったの。七月一日がお誕生日だから、連れて行ってっておじいちゃんに頼んだの」

「ふーん、お誕生日、ね。……いくつになったの？」

少女は呆れたように私の顔をじっと見つめると、「失礼ね。女の人に年訊いちゃいけないのよ」と言う。

顎が落ちそうになっているところへ、母親が慌てた様子で「すみません。九歳なんです。……もう、変なことばかり覚えて」とフォローする。

私は無理矢理笑みを浮かべて、母親に頷いてみせた。

「それで、マチルダさんを見たのはその時だけ？」

「ううん。夏休み中に五回は行ったわ。すっごく仲良くなったの。ごはんもあげたし、背中も撫でたの」

なぜわざわざ金を払って動物に餌をやったり撫でたりしたがるのか、私にはさっぱり分からなかったが、「そう、それはよかったたね」と頷いておいた。

「――それで、何度か行った間に動物園の誰かとお話したかい？」

少女は頷く。「んーとね、マチルダさんでしょ、サオリでしょ、ダムでしょ、それからね、プレーリードッグのパット、イルカのウィリー……」

私は慌ててさえぎった。「人間だけでいい。人間とはお話したかい？」

「ニンゲン？　……おじさんと話したわ。マチルダさんに紹介してくれたの。でもこないだはマチルダさんなんて知らないって。いい人だと思ったんだけど……あたしも男を見る目はまだまだね」彼女はそう言って溜め息をついた。

先週消えたカンガルーの行方を尋ねた相手と名前を教えてくれた人物は同じらしい。私はあそこで会った飼育係の男の顔を思い浮かべていた。名前は確か……竹内。

「そのおじさんの名前は？」

「……知らない」

駄目だ。この子は動物の名前しか興味がないらしい。私は質問相手を替えることにした。

「お母さんは、いつも咲ちゃんと一緒だったんですか？」

突然の質問に大きな目をぱちくりさせながら、母親は答えた。「は？　あ、はあ。一緒のこともありましたし、そうでないことも……」

「咲ちゃんが紹介――カンガルーの名前を教えてもらったとき一緒でしたか？」

「さあ……どうでしたか……」

事務所に来たときは娘を連れ戻すのに必死だったから普段の表情は見ることができなかったが、利発そうな娘に比べ、母親の方はどうもネジが一つ足りないような印象だ。

「彼女の言う〝おじさん〟というのが、どういう人か覚えていますか」

「さあ……この子は誰にでも話しかけますもので……」申し訳なさそうな笑みを浮かべるばかりだった。

「彼女の言うように、カンガルーは一匹減っていましたか？」

「イットウ」少女が口を挟む。

「――何だって？」

「一頭よ。カンガルーは一頭二頭って数えるの。一匹二匹なんてネズミみたい」

別にどちらでも構わないんじゃないかと思ったが、彼女が正しいような気もしたので素直に従うことにした。

「……一頭、減ってましたか？」

「……さあ……数えてたわけじゃありませんから……」

それもそうだろう。普通の大人はいちいち動物達につけられたみっともない名前など覚えたりしないし、区別がつくほど眺めたりもしない。

「お父さんか、おじいさんなら覚えてらっしゃらないでしょうか」

「……さあ……あの人たちが一緒に行ったのは最初だけなんで無理だと思いますけど……」

私は少女の証言を信頼するしかないのだと諦めて向き直った。

「もう一度見ればそのカンガルーの見分けはつく？」

「当たり前でしょ。お友達なんだから」咲は馬鹿にしたように鼻を鳴らした。

「話をしたおじさんも分かるね？」

「……う、うん。多分」こちらは自信なさそうな様子。

このバカ娘はケモノの見分けがついてなぜ人間の見分けがつかないんだ。

実際はどちらの見分けもつかないのかもしれないと思いながらも、やはり首実検をする必要はあるだろうと結論した。

「咲ちゃんは、マチルダさんを探して欲しいんだね？」

私が訊ねると、今さら何を、と言わんばかりに私を見つめ返し、力強く頷いた。

「じゃあ今日これから、一緒に動物園へ行ってくれるね？」

「え？　連れてってくれるの？　行く行く！」立ち上がって喜び、今すぐにでも飛び出しかねない様子だった。

私はちらと母親を見て、「いいですか」と訊ねた。

予想通り彼女は困ったような表情で言い淀む。「え……それは……どうでしょう……主人にも相談してみませんと……」

「いつお戻りになりますか」

「……九時頃じゃないでしょうか」

「それじゃ動物園が閉まってしまいます。できれば今日のうちに確認したいことがあるので、是非一緒に来ていただきたいんですが。——ご心配ならお母さんもご一緒で構いません」

そう言ってから、構わないどころかその方が家族に見えていいに違いないと気づいた。

時計を見るとまだ四時前。

「行ってすぐ戻るだけですから、夕食には間に合うようにします」

母親はまだ迷っているようだったので、だめ押しの一言。「お願いします。人一人の命がかかっているかもしれないんです」

「行こうよ行こうよ！　ねえママ行こうよ！」

結局は娘の懇願に負けるような形で、ついに母親も頷いた。


母親は〝おじいちゃん〟——義父だろう——に一言声をかけてから、外に出てきた。咲は待ちきれない様子で家の前の道路を行ったり来たりしている。

私は二人を連れて車に案内し、後部座席に乗せた。

「この車……動くの？」咲が珍しいものを見るような目で中を見回しながら呟く。

「当たり前じゃないか」

私の車はメーターが二回りはしていそうな中古だが、見た目からは想像もつかないほどよく走る。この時もたった五回セルを回しただけでエンジンがかかった。

「ほらな？」私は自慢げに言ったが、少女は不安そうだった。

しかし、一度もエンストすることなくノアズ・アークの駐車場にたどり着いたときには、彼女もさすがに心配するのをやめていたようだった。

私はグローブボックスにいれてあったサングラスをかけ、三人でエレベーターに乗った。少し気になって箱の内部を見回し、天井付近にカメラらしきものがあるのに気づいて顔をそらした。私のモンタージュが出回っていて誰かが目を皿のようにして監視しているという可能性を考えたのだ。

杞憂に過ぎなかったか、巧みな変装が功を奏したか、エレベーターが受付の階に到着しても、黒服の一団が私を待ち構えているということはなかった。

二・五人分の入場料を払って中へ入ると、真っ直ぐにカンガルーの囲いへ向かおうとする。しかしそれもそう簡単にはいかなかった。

「ねえねえ！　こっちにね、水槽があるの。水槽だよ！」

「あそう。また今度ね」私は背広の裾をつかんで引き戻そうとする少女の手を取り、不自然でないスピードに足を速めた。

「パンダイルカがいるんだよ！　パンダイルカだよ？」

私は鼻で笑った。そんなイルカがいるなんて聞いたことがない。パンダイルカ？　冗談じやない。まるでキメラではないか。「あそう。そりゃすごいね」

「パンダはいないけどね。でもキンシコウはいるのよ」

キンシコウというのが何か少し気になったが、無知だと思われたくないので黙っていた。

中庭を突っ切ってエスカレーターで上へあがろうとすると再び騒ぎ始める。「ねえねえ、すぐそこにビーバーの谷があるんだけど……」

「また今度」答えた私の声は少し緊張を含んでいたかもしれない。問題のカンガルーの囲いに近づきつつあるわけだし、そこには連中が待ち構えているかもしれない。人目のあるところで私たちに何かをするとは思えなかったが、常識の通用する相手ではないかもしれない。子供など連れてくるべきではなかったか、と考えている間に二階へ到着した。

見回すと、平日だからだろう、先日にもまして人影は少ない。これでは悲鳴を上げても誰も助けに来てはくれないかもしれない。

咲は突然私の手を放してカンガルーの囲いに向けて走り出していた。カンガルーの姿を見てようやく〝お友達〟のことを思い出したのかもしれない。私は母親を促して急ぎ足で後を追った。

ガイドたちがこちらを見るのを感じたが、特に変わった様子はない。怪しげな男たちがうろうろしているわけでもなかった。

咲は囲いの中に両手を垂らし、ぶら下がるようにして中を覗き込んでいた。一匹——一頭のカンガルーが彼女に近づき、まるで話をしているみたいに見えた。

私は後ろから近づいて、小さな声で訊ねた。

「……それがマチルダなのか?」

咲は振り向きもせずに首を振った。「これはサオリ。マチルダさんはやっぱりいない」

「マチルダさんを見つけたいなら名前を教えてくれたおじさんを見つけないといけない。見かけたらこっそり教えてくれ。分かるね?」

名残惜しげにしている彼女の手を引いて、自然なスピードで歩き出す。咲はたびたび動物に気を取られたものの、それも回りから見れば自然な行動にみえたかもしれない。十五分くらいかけて二階を一周したものの、咲も私も、見覚えのある人間には出くわさなかった。

結局一時間以上建物をぐるぐると回り、咲の会いたい動物たちに全部会っても、竹内という名のカンガルーの飼育係の姿はどこにも見当たらなかった。

運悪く休みの日に当たってしまったのかもしれない。

また日を改めて来るか、何とかしてここの職員名簿を手に入れてあの男の住所を直接訪ねるべきだろうかと考えた。

「あ、あの……すみませんけど、もういい加減夕飯の仕度をしないといけませんので……」

咲の母親が遠慮がちに声をかけてくる。

「分かりました。出ましょう」

まだゆっくりして行きたい様子の咲の手を二人で引き、私たちは動物園を出た。建物の中にいたのは短い時間だったのに、すっかり暗くなっている。本当に秋の陽は落ちるのが早い。

真実を探り当てるには、具合の悪い季節なのかもしれないと思った。

11

咲と母親を自宅に送り届けたときには六時を回っていた。普通の家族にとっては夕食の支度を始めるにはもう遅い時間なのかもしれない。私は重ねて礼を言い、一旦事務所に戻ることにした。慣れない子守りで普段以上に疲れたような気がするし、身体中がまだ痛む。

事務所にたどり着いて自分の椅子にどっかり腰を下ろすと、今後の方針について頭を悩ませた。

あの動物園に何かあるのは間違いない。数日間張り込んでみるだけの価値はあるだろう。問題は人手だ。時折手を借りる同業者がいないこともないのだが、当然高くつく。請求は二谷久美子にするとしても、無駄金を使わせることになっては申し訳ない。企業の依頼なら平気で経費を使えるが、個人となると二の足を踏んでしまう。

私は考えたあげく手帳を開いて、ある番号に電話をかけた。三回呼び出し音が鳴って繋がったと思った途端、雑音交じりの留守番電話が応えた。

『はい、坂東です。坂東はただいま外出しております。携帯電話の番号は、030の……』

私は慌てて鉛筆を持ち、メモを取った。あんな奴まで携帯電話を持っているとは。すぐにその番号に掛け直すと、いきなりうるさい音楽と電子音、金属音が溢れてくる。取り澄ました留守番電話の時とは打って変わって能天気な声が聞こえてきたが、空電もひどくてなかなか聞き取れない。どうやらパチンコ屋にいるらしい。

『はあい、坂東やけど』

私が大声で名乗ると、嬉しそうに『先生！　仕事ですか？』と聞いてきたので、相変わらずぶらぶらしているらしいと分かった。こちらにとっては願ってもない。私のことを先生などと呼ぶのはこいつだけで、何度やめろと言っても聞かないのでもう諦めている。

「すぐ来てもらえないか。条件はこれまでと同じで」

『行きます行きます。たまたま今プーで』

たまたま、というところを強調したようだったが、働いている時の方が少ないことを私は承知していた。

原付を飛ばしていくから十分あれば着くだろう、と言って彼は電話を切った。

坂東は私大の学生なのだが、司法試験を受けるために留年をくり返し、今では確か七回生になっているはずだ。一応司法試験に挑戦するくらいなのだから、そこそこの学力はあるのだろうが、私の見るところとても頭がよさそうには思えない。大学ではずっと空手をやっているらしく、見た目は典型的な体育会系だし、話していても知的な印象はまったくない。本人は「武装検事」になるのが夢だと言うのだが、そんな職があるはずはない。何かの勘違いだろうが、私もあえて忠告してやったことはない。

コーヒーを入れて飲み干した頃、エレベーターのがたつく音がして彼の到着を知らせた。

坂東はノックもせずに入ってくると、土木作業員のような半球型の銀色のヘルメットを脱ぐと、デスクの上にどんと置いた。

「ども、お久しぶりです先生」

身長は私とさほど変わらない。しかし、何重にも巻き付いた筋肉の束のせいで実際よりも背を低く見せている。つぶれた鼻につぶれた耳。かすれたような眉。子供のような笑顔を浮かべていなければ、こいつの拳が届くところに近づこうと思う奴はいないだろう。

襟や袖のところがへろへろになった紺色のトレーナーに、膝の擦り切れたジーパン。若者のファッションに敏感とは言えない私だが、彼が流行を追っているわけでないことには確信が持てた。

「元気だったか？」

「ええ、そりゃもう。元気だけがとりえで」

愚問だった。

「早速だが仕事の話だ」私は椅子を示しながら言った。

彼はわざわざ椅子を逆向きにしてまたがると、背もたれに両腕を置いて真面目な顔つきになる。

「張り込みだ。ある建物に出入りする人間をすべてチェックし、できれば写真に撮りたい」

「何時間？」

「とりあえず閉館と開館時間は押さえておきたいから……十五時間は必要だろう。それで成果があがらなければ延長の可能性もある」

「千円で？」

「ああ」

「じゃあ全部ぶっ通しでやればそれだけでも一万五千円ですね？」

「やってくれるか？」

「ええそりゃもう。これでしばらくしのげます」

坂東は、こわもてのする面相のおかげでなかなか普通のバイト口がないらしく、この程度の時給でも喜んで引き受けてくれる貴重な人材だった。問題は私の事務所自体に、なかなか仕事が来ないことだ。「秘書として常時雇ってくれないか」という話もあったが、彼に「秘書」の役が勤まるとはとても思えなかったし、そもそもこちらにそんな余裕もなかった。

　時計を見るとそろそろ七時。閉館を押さえるためにはもう出発した方がいいかもしれない。

　テープレコーダーだのビデオだのはないが、カメラだけはそれなりのものを持っている。望遠レンズを備えた一眼レフとポケットカメラ。それらを持って車に乗ると、ノアズ・アークへ向かう。

住宅街や人気の少ない通りにあるホテルなどの見張りの場合、ワゴン車を借りたり、アパートを借りたりと金も手間もかかることが多い。しかし幸い今回は車も人通りも多い場所での見張りだ。こういうときの手は決まっている。歩道の隅にパイプ椅子を置き、手にはカウンター。狙いを従業員通用口に定めたカメラに布をかけて隠し、人が出てくるたびにただシャッターさえ切ればいいようにしておく。時々カメラに気づく歩行者もいるが、それも交通量調査と関係があるのだろうと思うのが普通だ。いささか露骨すぎるものの、かえって目立たない方法だと経験的に感じていた。ただし、面が割れていなかったとしても私のような年の人間がやるのは少々不自然だという欠点はある。その点坂東はうってつけだった。

客用の出入り口自体は南北に走る国道に面していたものの、通用口と地下駐車場からの出口は南側の細い一方通行路にあった。しかし、望遠を使えば反対側の歩道から十分顔を狙える位置だったし、国道側への一方通行であることは、車中の人物を捉えるのにも好都合だった。その上停止線で止まるとちょうど街灯の明かりが運転席を照らすので、多少シャッタースピードを遅くすれば夜でもフラッシュなしで大丈夫そうだった。こういうときのためだけに感度のいいフィルムも用意してある。

セットを終えると、時計を見比べる。坂東のデジタルの方が正確そうだったのでそちらに合わせることにした。七時三十五分。

「夕飯は？」

私が訊ねると、坂東は当然のように首を振る。財布から二千円取り出して渡すと、南に五十メートルばかり下がったところにあるローソンを指差した。「今の内にあそこで何か買って食べておけ」

私は一旦ぐるっと回って、ノアズ・アークから五百メートルほど離れたところに車を停めた。シートを倒し、仮眠の態勢に入る。何か不測の事態が起きればすぐに坂東がポケベルを鳴らすことになっていた。まだ今日のところは尾行に突入することはないと思うが、いざという時にはそれも可能だ。

沢田にもらった痛み止めを水なしで飲み込むと、すぐに軽い眠気が襲ってきた。すぐ脇を通り過ぎる車の騒音を子守り歌代わりに、浅い眠りに就いた。


とてつもなく大事な約束をすっぽかした気がして目が覚めた。全身が熱い。ウィンドウに近づけて時計の文字盤を読み取ると、十二時を過ぎている。徐々に状況を把握する。ポケベルが鳴ったのに熟睡していて起きなかったということはないだろうか。

車を降り、すっかり人気のなくなった歩道を歩く。気温はおそらく十度以下だろう、ぞくっと身震いが走った。

途中、ローソンで熱い缶コーヒーを二本と肉まんを四つ買い、監視場所へと向かった。

近づくと、パイプ椅子がぽつんと置かれているのが目に入った。坂東がいない。

私は走り出したくなるのをこらえ、そのままそこを通り過ぎた。カモフラージュのためのカウンターは椅子の上にあったのに、カメラはない。何気ない振りで周囲を見渡し、坂東の姿を探す。坂東はおろか、歩行者の姿はまったく見当たらない。

焦(あせ)り始めていた。

まさか、坂東に何かあったのではないだろうか。

何か急を要する事態が発生し、ポケベルを鳴らす暇もなかったのか。それとも、さっき心配したように、鳴らしたのに私が起きなかったのか。

立ち止まらず歩き、角を曲がって暗がりからノアズ・アークの建物を振り返る。木目(もくめ)調で作られた「NOAH's ARK」というロゴ看板を照らす明かりも、今は消えている。いくつか目に入る窓も暗いままだ。

彼らが監視に気づいたという可能性はあるだろうか。――もちろん、ないとは言えない。しかし一見交通量調査に見えるはずの坂東を、無理矢理どうにかするなどとは思えない。歩行者こそ少なくなっているものの、車はまだ走っているし、大声を出せば誰かが気づいただろう。それに坂東は、そこらの虚弱な若者とはわけが違う。

――本当にそうだろうか。私は彼を危険な目に合わせたと信じたくないだけなのかもしれない。もし連中が拳銃を持っていたとしたら？　背後から近づき有無を言わせず連れ去ったのかもしれないではないか。今頃はあの暗い建物のどこかに閉じ込められ、私のように痛めつけられたあげく、依頼された仕事内容を吐いているところかもしれない。

相手が暴力団のような連中であることを知りながら、私はそのことを彼に告げもしなかった。その危険を知っていたら、彼はあんな安い金額で働くことを承知しただろうか？　そして危険があることを承知していれば、やすやすと背後を取られたりはしなかったのではないだろうか？

私は、坂東が連れ去られたことを半ば確信し始めていた。

手にぶら下げていた肉まんと缶コーヒーを、近くの喫茶店のものらしいポリバケツに捨てると、横断歩道に向かって歩き出す。信号が青になると、私は走って国道を渡った。

しばしノアズ・アークの正面入り口の前に立ち尽くし、方舟(はこぶね)に見立てたというビルを見上げる。「俺はここだ！」と叫び出したい気分をこらえ、ひとまず入り口への階段を昇る。

木で出来たアーチの前に今はしっかりと鉄格子のシャッターが降りていて、中には何の明かりも見えない。警備員の何人かはいるだろうし、飼育係だって残っていると思うのだが、ここからは気配も感じることが出来ない。

階段を降り、そのまま地下駐車場へのスロープを下る。こちらもシャッターが降りていたので、南側の一方通行路へ回ることにした。

南側には出口のスロープがあり、入り口と同様シャッターが降りている。その奥、東側に従業員用の通用口があった。そっと三段ほどの階段をあがり、ノブを試してみる。当然のことながら錠が下りており、ノブは回りさえしない。

この中に、坂東は連れ込まれたに違いない。

みっともないことではあるが、ここは警察を呼ぶべきかもしれない。友人が連れ込まれるのを見たと言えば、捜索してはもらえるだろう。しかし、万が一ここにいなかった時には信用を失うだけではすまないだろうし、確かに連れ込まれたのだとしても、捜査令状だのなんだのと時間が経つ間に、連中が坂東を切り刻んでライオンの餌にするといったことだってないとは言えない。

駄目だ。今すぐにでも私自身が名乗り出て、坂東は何も知らないアルバイトであることを説明して解放してもらうしかない。

まだ見かけてはいなかったが、きっとどこかにインタフォンのようなものがあるはずだ。名前を名乗れば中に入れてくれる——というか連れ込まれることだろう。

大きな動物などを搬入(はんにゅう)したりするために、トラックなどの出入りできる場所があるはずだと考え、私は小走りに東へと進んだ。「方舟」は京都だからということでもあるまいが、間口に比べ奥行きはその三倍くらいあるようだった。結構な敷地だ。

進めど進めど出入り口はおろか、中を覗くことの出来る窓さえない。もちろんインタフォンのようなものも見当たらなかった。

建物の端が見えた。悲鳴のような声が、遠くから聞こえてきた。それはきっと鳥か何かの鳴き声だったに違いないが、もしあれが坂東の声だとしたら——そう考えると走り出さずにはおれなかった。

あの角を曲がれば、きっと何か出入り口があるはずだ。

そう信じて「方舟」を回り込んだところへ、強烈な光を浴びて目が眩み、一瞬後、自分の身体が宙を舞っていることに気づいた。

そして闇。

12

最初に目に入ったのは、二谷教授によく似た男の顔だった。夢を見ているのだと思った。縁のない眼鏡をかけ、鼻の下に白いひげをたくわえた教授然とした白衣の男。ひどく痩せていて、顔色も悪い。その顔が心配そうに私の顔を覗き込んでいる。

「気がついたかね？　気分はどうだね？」

そう訊ねられたこともあって、彼が医者だと思い込んだのも無理はなかった。

大丈夫です、と答えかけて全然大丈夫でないのに気づいた。全身が熱を持っていて、じんじんと痛みを訴えている。身体を起こそうとするとあちこち激痛が走り、諦めた。シーツで隠れてはいるが、下着も身に着けておらず、手や足、頭に包帯が巻き付けられていることを知った。おまけに右腕にも左腕にも点滴の針が刺さっていて、吊られたガラス瓶に繋がっている。

「――あまりよくないみたいです」

じっとしていれば痛みはさほどひどくないのだが、頭がくらくらして吐き気がした。頭を打ったせいだろうか。

「そうか。そうだろうな」二谷教授に似た医者は溜め息をつきながら言った。

「一体何があったんでしょう。よく……分からないのですが。ここ、病院ですよね」そう言って周囲を見回してから、自分のいる場所が病院にしては少し妙だということに気づいた。

私が寝かされているのは病院にあってもおかしくないようなパイプベッドだったが、部屋の中には同じベッドがもう二つあるだけで、あとは薬棚らしきスチールの棚とデスクが一つあるだけだ。これではまるで、高校の保健室のようだ。

「本当に危ないところだった。君は死にかけておったんだ。だが病院へ連れていくことはやつらが許さなかった。仕方なく私はここで――」

「死にかけてたって、どうして死にかけてたんです？　やつらって……やつらって誰なんです？」

「……何から説明したものか……」

そう言って男が考え込む様子を見て、私はあることに思い当たった。

「まさかあなた、二谷先生じゃないでしょうね」

男は嬉しそうに微笑んだ。「君、私を知ってるのかね」

私はしばらく放心していた。一体何が起こったのか分からないが、目の前に二谷教授がいる。彼を探すことが目的だった以上、その経過はどうあれ既に目的は果たされたといえる。

あとは彼を連れて二谷久美子のところへ戻るだけだ。

「私も結構顔が売れてきたようだな」

相当のんきな親父だ。

「——私はあなたのお嬢さんに雇われて、あなたを探していたんですよ」

「久美子が？　君を雇った？」と二谷教授はきょとんとした顔で聞き返す。

「そうです。あなたはどうしてここに——いや、そもそもここはどこです？」

「ここの正確な場所はよく知らん。眠らされて連れてこられたからな。しかしどうも、動物を研究する施設のようなところらしい。カンガルーやら猿やら、いろんな哺乳類がいるようだ。京都市内にそんな施設があるという話は聞いたことがないから、相当遠くに連れてこられたのかも知れんな。外国ではないと思うが」

ノアズ・アークか？　結局のところ私はノアズ・アークに連れ込まれたのだろうか？　しかし何が起きた？

「私がなぜここにいるかご存じですか」

「……聞いた話では、君は連中の車の前に飛び出してきたそうだ。スピードはさほど出てなかったようだが、君は相当ひどくはね飛ばされて、一時は重態だった」

さっきも死にかけたようなことを言っていたのを思い出した。確かに身体中が痛いが、とても重態だったなどとは感じられない。それとも長い間意識不明だったのだろうか。

「今日は――今日は何日です」

「多分、十一月の二日……いやもう三日になったかな。夜中の十二時くらいだよ」

では私はほぼ二十四時間意識を失っていたのだ。重態になった人間が、たかだか二十四時間でここまで普通の状態に回復するわけがない。彼は嘘を教えられたか、少々誇張された話を聞いたのだろう。いずれにしろ、坂東を探そうとして車にはねられ、結果的には二谷教授にたどり着いた。まさに怪我の功名。

「坂東という学生は見ませんでしたか。がっしりした、少々いかつい顔をした男ですが」

「いや。知らんな」

教授が見てないからといって、ここにはいないということにはならない。きっとこの近くに監禁されているはずだ。しかし車にはねられた私を、病院にこそ連れてはいかなかったものの、多少の治療を施してくれたところを見ると、無闇に人を殺す連中ではないのかもしれない。坂東はまだ無事なのではないかと思えた。

「――ここから逃げ出せると思いますか」

「無理だね」いともあっさりと教授は否定してくれる。

「やはり相当監視の目が厳しいのですね」

「いや。最近はそれほどでもない。私に逃げる気がないと分かったからだろうな」

「逃げる気が……ない？　どうしてです」

「だってもし私が逃げたら、人質になっている娘を殺すというんだもの。おとなしく従うよりないじゃないか。——そういやさっき君、妙なこと言っておったな。久美子に雇われたとか何とか……？」

「そうです。——あなたのお嬢さんは人質になんかなっていませんよ。あなたが逃げないようにはったりをかけたんですね」

今現在人質になっていようがいまいが、連中がその気になれば人を殺すことなど簡単だろうと思いはしたが、もちろん口にはしなかった。

「何と！　久美子は無事なのか？　本当か？　嘘じゃないだろうな？」

「なぜ嘘をつく必要があるんです。あなたのお嬢さん以外、一体誰がわざわざ探偵まで雇ってあなたを探そうと思います？」

「何てこった。一緒に捕まっておるんじゃないのか？　くそっ。だったらあんなに協力してやるんじゃなかった」

その言葉を聞いて、私は根本的な疑問を思い出した。

「協力……一体何を協力したんです？　連中はなぜあなたを誘拐したんですか」

しかし教授は私の言葉など耳に入っていない様子だった。

「まったく……なんて馬鹿なんだ！　言葉だけですっかり信じてしまった。ベクターだけは渡すべきじゃなかった……渡すべきじゃなかった——」

「ベクター？　ベクターとは何です」

教授は突然我に返ったように、「君、歩けるかね？」と訊ねてくる。「一刻も早く何とかせねばならん。さもないと、大変なことになる」

「大変なこと？　一体どんなことなんです？」

「恐ろしい……恐ろしいことだよ。——ああ！　今はとても説明できん。とにかく早くここを出よう！」

とてもさっきまで重態だった人間に言う言葉とも思えない。しかし私はとにかく身を起こそうとした。痛みが走ったが、不思議なことにさほどではなく、教授の手を借りずとも起きることが出来た。教授が乱暴にテープを剝がし、両腕に刺さった針を抜く。傍らに用意してあったらしい脱脂綿で注射痕を手早く押さえ、テープで止める。机にかじりついているだけの学者かと思っていたが、こういうことにも手慣れているのだろうかとつまらないことを考えた。

ベッドから降りようとして裸であることを思い出した。

「何か、着るものはないでしょうか」

「君の服は血まみれだったからな……とりあえずこれを着たまえ」教授はそう言って白衣を脱ぎ、私に羽織らせる。中がすーすーして気持ち悪かったが、ボタンをすべて止めれば、一応恥ずかしい部分は隠れる。これで我慢するよりなさそうだった。

病院にあるような緑色のスリッパが置いてあったものの、ぱたぱたと音をさせて逃げるわけにもいかない。裸足の方がましだと判断した。痛みで熱を持っているせいか、ひんやりとした床の感触が心地好い。

教授の白衣の下はよれよれになったワイシャツとズボンだった。失踪当時のままの格好なのかもしれない。下着くらいは替えさせてもらっているのだろうかといらぬ心配をする。

さっさと外へ出ようとする教授を引き止め、私は言った。「いくら監視の目が緩んできたと言っても、私がここにいる以上、連中も少しは警戒してるんじゃないんですか」

「どうかね。何しろ君の怪我はひどかったからな。自分の足で逃げるなどとは思ってもおらんだろう」

まただ。自分の足で逃げられないほどの怪我だったのに今はこうして歩いているというのだろうか？　矛盾したことを言っていると自分でまったく気づいている様子がない。彼の研究室の学生が「マッド・サイエンティスト」呼ばわりしていたのを思い出した。相当エキセントリックな人物のようだ。

教授は構わずドアを開け、首を突き出して外を覗く。「誰もおらん。今のうちに行こう」

これではどちらが助けに来たのやら分からない。私は溜め息を押し殺して教授の後に続いた。

廊下に出ても、そこがノアズ・アークかどうかの確信は持てなかった。真っ白な壁にリノリウム張りの廊下といった様子は、むしろ二谷教授の研究室だと言われた方が納得が行く。

「こっちだ」教授が言って、手招きしながら右へと進む。一歩進むごとに、身体のあちこちから抗議の痛みが沸き起こるが、それが交通事故によるものなのか暴行を受けたときのものなのかも区別がつかない。事故と言ってもその程度のものだったということだろう。

いくつかドアを通り過ぎたが、唐突に開いて誰かが飛び出してくるようなことはなかった。角で右に曲がると目の前に昇り階段。

「ここからは慎重にな」

教授に言われずとも私は足を忍ばせていた。

階段をゆっくりと昇ると、重そうな防火扉が閉じられている。教授は錠をはずし、全体重をかけて押し開けようとする。顔が真っ赤になるほど押しても、扉はびくともしない。

「むう！　君も手伝ってくれんか。何かつっかえておるようだ」

「教授。引っ張るんです。この扉は手前に開くんですよ」

「何だと？　ふざけた作りだな。建築基準法に違反しとるんじゃないのか」

そんなことはないだろうと思ったが、私は黙っていた。この教授に逆らっても無駄だと本能的にそう思ったのだ。

まだぶつぶつと文句を言いながら教授が扉を開けた途端、奇怪な叫び声とともに黒い影が飛び込んできた。

「きえええええええぃ！」

教授が跳ね飛ばされて壁に激突し、うめき声をあげた。私は咄嗟に黒い影に殴りかかったが、影は身を沈めたかと思うと、次の瞬間腹に衝撃があり、私は昇ってきたばかりの階段を転げ落ちた。

ミキサー車の中に入れられ高速で回されたらこんな感じかもしれないと落ちながら思った。かろうじて頭だけは両手で守り、下まで落ちたときにも意識だけはあった。しかし全身の骨が粉々に砕けたかのように痛む。

「先生！」

聞きなれた声がした。そう、坂東の声だ。やはり坂東もここにいたのか。動けるのなら、あいつを倒してくれないだろうか――そう願った。

「先生、すんません。大丈夫ですか？」

私は苦痛にかすみそうになる目をこらし、階段の上から覗き込む男の顔を見上げた。黒いジャージ、黒いトレーナーに身を包んだ坂東がそこにいた。

「……今のが……お前か……」

全身の痛みが、坂東に向かって呪いの声をあげているようだった。

「はあ。すんません。入れへんかな、と思てたら突然開いたでしょ。今しかないぃ、思て」

この馬鹿に文句を言っても始まらない。とにかくここを逃げ出すのが先だ。

「……言い訳はいいから、手を貸してくれ」

坂東は慌てた様子で階段を駆け降り、私を助け起こした。さすがに空手をやっているというのは伊達ではない。彼の蹴りを受けて私の身体は完全に宙を飛んでいた。内臓が破裂しているのではないかと思うような痛みが腹部全体にあった。

「……お前も……逃げようとしてたのか？」

「いややなあ、先生。助けに来たんやないですか。ゆうべから姿が見えへんから、おかしいなあ思て。それで今晩もういっぺん張り込んでみたんですよ。給料が出るんかどうかは分かりませんでしたけどね、でも先生おらんようになったら昨日の分もパーになるんちゃうか思て」

どういうことだ。ではそもそも坂東は捕まってなどいなかったということか。

「とにかく逃げよう。……肩を……肩を貸してくれ」

坂東に半ば引きずられるようにして階段を再び昇ると、教授は頭を振り振り、起き上がるところだった。

「もしかして……このじいさんも味方ですか」おどおどした口調で坂東が訊ねる。

「――そうだ」あまりに馬鹿馬鹿しくて、責める気にもなれなかった。

「すんません、すんません。怪我、ないですか？」

「んん……こぶができたようだが、大したことはなさそうだ」二谷教授が動じた様子もなく答えている。

防火扉の外へ出ると、そこはどうやらノアズ・アークの駐車場のようだった。

坂東は聞きもしないのに勝手に経緯を喋り始める。

「いや、朝になっても連絡ないし、車だけ置いてあるからおかしいな、思てね、一旦帰って連絡を待ってたんやけど、こら真剣に何かあったんちゃうか、思て、またおんなじとこで張り込んどったんですわ。そしたら夜中になんかでっかいトラックが一杯出て行きよったから、こら怪しいなあ思てここまで様子見にきてみたら、いきなりドアが開いたもんやから、これは今しかないぃ思て……」

それはさっきも聞いたよ、と言ってやりたかったがそんな元気もなかった。一歩歩くごとに爪先から脳天まで電撃のように痛みが走る。

「ここはもう危険だと思って逃げ出したのかもしれん。それで連中の姿が見当たらんのだろう」

教授はさほどダメージがないのか、坂東の言葉に頷いている。

真っ暗な駐車場を横切り、スロープをあがって建物の外へ出る。ゆうべとは違ってシャッターが開いたままだ。教授が言う通りなのだとすれば、よほど慌てて逃げ出したということなのだろう。

誰に見とがめられることもなく、国道まで出ることが出来た。冷たい風が白衣の裾から入ってきて睾丸を縮み上がらせる。車の見えない時を見計らって私たちは国道を横切った。

「あれ、先生、裸足ですやん」

私は坂東の言葉を無視し、「……車はまだあるのか」と訊ねる。

「ええ。ありますよ……一応」

一応、と付け加えたくなる気持ちはたどり着いてみるとよく分かった。駐車違反を示す黄色いバッグがミラーにがっちりと取り付けられている。

レッカーで持っていかれていないだけ幸運と思うべきか。

運転席側に回ってドアに手をかけた私に坂東が訊ねた。「……先生……キー持ってはるんですか？」

彼に罪がないのは——少なくとも私がキーを持っていないことに関しては——分かっていたが、このときだけは彼に激しい殺意を覚えた。絞め殺してやりたかった。彼さえ殺せば気分が晴れるような気がした。

私は数回深く深呼吸してから教授に言った。

「すみませんが、タクシーを拾ってもらえませんか。私の格好では止めてくれそうにないんで」

13

夜中とはいえ京都駅近くの国道ということもあって、タクシーはすぐに拾えた。問題は私が、財布はもちろん自宅の鍵も事務所の鍵も持っていないことだ。それは二谷教授も同様。坂東は自分の原付で来ていたし、彼にタクシー代を貸してもらうなどというのが無理な相談であることは聞かずとも分かっていた。

結局、二谷教授の家まで行って久美子を起こしてタクシー代を払ってもらうより他に手はなかった。

全裸に白衣という珍妙な格好の私が水を差したのか、特に感動的な再会シーンはなかった。タクシーの運転手にお金を渡したときに久美子が肩を震わせているのには気づいたが、あれももしかすると笑いをこらえていたのかもしれない。

不審そうに首をひねりながら運転手がタクシーを出した後、親子はしばらく玄関先で見つめあっていた。教授は私を支えていたので、娘を抱くこともできない。

「どうぞ、お入りになって下さい。風邪をひきます」

中で教授のジャージと新しい下着を借りた。裾は脛が見えるほど短かったし、袖は半袖になってしまったが、とにかく裸よりはましだ。ちんちくりんの格好で私は久美子の入れてくれた熱いお茶を飲んだ。身体が冷えていたこともあったのか、お茶はこれまで飲んだことがないほどおいしかった。舌を焼くほど熱かったにもかかわらず私はほとんど一気に飲み干していた。一緒に出してくれた煎餅がこれまたおいしくて、バリボリと貪りたくなるのを私は必死で自制しなければならないほどだった。恐ろしく腹が減っていることに初めて気づいた。二十四時間以上何も口にしていないのだから、当然かもしれない。

教授はゆっくり風呂にでも入りたいところだろうが、ひとまず着替えて私と一緒に座り、お茶をすすった。

「……本当に、何と言ってよいか……お礼の言葉もありません。こんなに早く父を――」彼女は喉を詰まらせ、目頭を押さえた。

踏んだり蹴ったりなどという言葉ではとても言い足りないほどの数日間だったが、とにもかくにも異例のスピードで仕事は果たした。これくらいの暖かい言葉をかけてもらっても過分ということはないだろう。

「二点だけ、お訊ねしたいことがあるんですが」私は教授に言った。

「二点でも三点でも訊ねてくれ」

「――まず、教授を誘拐した連中の正体ですが……」

「知らん。教えてはくれんかったな」教授の答えはあっさりしたものだった。

「……そうですか。ではもう一つだけ。教授は何かのために誘拐され、協力させられたんですよね？　一体何を協力したんです？」

今度はなかなか答えなかった。

「研究と関係があるんでしょう？　連中はどうしてかは知らないがあなたの研究に目をつけ、それを何かに使おうとあなたを誘拐した。そういうことなんでしょう？」

「――その通りだ」教授はそう答えたものの、これまでとはうってかわって厳しい顔つきで、それ以上進んで話そうとするつもりはないようだった。

私は仕方なく質問を続ける。身体の痛みは少しずつ和らいでいるのか慣れてきたのか、さほどでもない。

「あなたの研究内容は遺伝子治療。そうでしたね？　その技術を連中は外国に売ろうとしたのではないんですか？」

「違うと思う。私にも分からんが……もっと……もっと恐ろしいことが起きるような気がする。私は悪魔のような連中に手を貸してしまったのだ……久美子を助けたい一心で」

「お父さん――。一体何をなさったの？　何もかも探偵さんにお話しして」

娘にそう言われ、教授もようやく決心がついたようだった。

「――去年の暮れのことだった」教授はそう話し始めた。

「それはまったくの偶然だった。遺伝子治療に使うためのベクターとして、あるＤＮＡウイルスを私たちは——私と助手の野村という男だ——試していた」

「ちょ、ちょっと待って下さい。私は残念ながら遺伝子治療について何も知らないんです。もう少し分かるように話してもらえませんか」

「何も……知らない？　ふん。どう説明したものか……ウイルスを遺伝子組み替えに使うのは知ってるかね？——ま、知らなくてもいい。使うんだ。新しく組み替えた遺伝子を動物の体内に入れるためのベクター——運び屋としてな。通常はＨＩＶやＴ細胞白血病などで知られるレトロウイルスと呼ばれる種類のウイルスを使うのが一般的だが、最近はＤＮＡを持ったウイルスを使う方法が検討されている。その方がレトロウイルスよりも大量の遺伝子情報を一度に運ぶことができるからだ。その有用性を検討するため、様々な実験を繰り返していた。その中で、トランスジェニック動物を作る少々複雑な実験も行った」

「トランス……何です？」

「遺伝子組み替えによって改造された動物と思えばいい。乳をたくさん出す牛や、人間に移植できる臓器を持った動物などが作られ始めている」

私はバイオという言葉には頭から嫌悪感を感じる人間だ。遺伝子を操作して改造された牛の乳など飲みたくないし、それで太らされた豚の肉などできれば口にしたくない。もしかするとそのようなことがすでに一般化していて、日々口にする食事の中にそういったものが紛れ込んでいるのだとしたら――そう考えると私はぞっとしないではいられない。それはもちろん、無知ゆえなのかもしれない。遺伝子組み替えの仕組みを詳しく知っていれば、生物の成り立ちを知っていれば、そのようなことは何でもないことと思えるのかもしれない。しかし私はそんなことは知らないままでいたかったし、気持ちの悪いものはやはり気持ち悪い。

「――牛やヒツジなどの食肉用家畜を巨大化させることができれば、食糧問題の解決に向けて大きく前進するのは分かるだろう。一方私たち遺伝子治療に携わる人間は、小人症などで悩む患者を救えるかもしれないとも考える。ヒトの成長ホルモン関連遺伝子をマウスに導入してジャイアントマウスを作るといった実験はすでに成功している。私たちは、新しいベクターを試すためその実験も行った。ところが、どこでどう間違えたのか私たちの作ったマウスは通常の三倍もの大きさのジャイアントマウスだった。――いいかね、通常のジャイアントマウスの三倍、だよ」

「運び屋が違うだけで、効果が変わるものなのですか」

「運び屋のせいで導入が失敗することはもちろんある。しかしこのようなケースは有り得ない。遺伝子組み替えの段階でミスがあったのだ」

「ミス……そのミスが結果的に成功に繋がったということですか」

「成功？　成功なんてものではない。私はあんなものが欲しかったわけではない。――いいかね、私たちは同じことを今度はブタで実験してみた。驚いたことにこのブタはわずか三日で十倍の大きさまで成長した。死ななければもっと大きくなりそうな気配だった」

「死んだのですか」

「ああ。骨が、自分の体重を支えきれなかったのだ。餌に大量のカルシウムを混ぜるべきだったかもしれない。——とにかく、私はしばらくこれについては封印しようと決めた。とてもコントロールできそうになかったからだし、私たちの求めていたものでもない。ところが野村は——」教授は首を振った。

「それを誰かに売ろうとしたんですね」

「そうだ。彼は有能な助手だったが、ギャンブル好きなところだけが欠点だった。競馬、競輪、競艇……。サラ金に手を出すうち、今度はノミ行為まで。そんなところからやくざ達と腐れ縁ができてしまったのだろう。研究のことを嗅ぎつけた連中が、金になると思ったらしく、今度のようなことになったわけだ」

にわかに信じられる話ではなかった。

確かに昨今の遺伝子工学は、素人の私などにはとてもついていけないほどの進歩を遂げているのだろう。しかしウイルスで遺伝子を組み込むだの生物が巨大化するだのと言われてもまったくぴんと来ない。ましてたとえそのような技術をこの教授が発見したところで、それをどうすれば金に換えることが出来るのか見当もつかない。外国の学者や企業に売るというのが一番ありそうな話だが、それならばやくざよりも野村という助手や教授自身の方がつてがあったのではないだろうか。

「しかし……やくざみたいな連中が、一体どうやってその技術を金にできるというんです？」

「それは私も知らない。久美子をネタに脅迫され、仕方なく私は連中の中の数人に講義までする羽目になった。遺伝子操作の基本から教え、そして我々の開発した新種のベクターを渡したのだ」

一体彼らはそれを使って何をするつもりなのか。

「……あの、軽いお食事でも用意させてもらいましょうか？」

突然久美子が場違いなことを言ったので私は驚いた。テーブルを見ると、小鉢に盛った煎餅を私があらかた食べてしまっていた。二十四時間以上何も食べていないのだから仕方がないが、我ながらみっともないと思った。

「いえそこまで甘えるわけには――」

「そうだ、久美子。何か用意して差し上げなさい。私も腹が減った」

教授も、まるで説明はこれでおしまいと宣言したい様子だった。

空腹が耐え難くなっていたこともあって、私もあえて反対はしなかった。次々に理解を越えた話を聞かされるので、一旦休憩を挟むのも悪くはないだろうと思った。

久美子はスパゲティを茹で、明太子をからめて出してくれた。教授も本当に腹が減っていたのだろう、二人とも一瞬でぺろりと平らげる。私はまだ物足りない感じだったが、さすがに恥ずかしくて黙っていた。

「――ひどくお疲れのようですから、とにかくお休みください。幸い明日は――もう今日ですけど――祝日で会社も休みです。起きてから、ご自宅までお送りします」

「お手数をかけます」

「いえ……本当に……本当にありがとうございました」

久美子は再び涙ぐんでいた。

見知らぬ部屋で目覚めたとき、そこがどこなのか、なぜ自分がここにいるのか、相当長い間思い出せなかった。

窓から差し込む弱々しい光は、時刻が既に昼近いことを告げていた。全身がむずかゆいような痛みに包まれている。長らく嗅いだ覚えのない糊の効いたシーツの匂いにくるまれ、徐々にゆうべのことを思い出した。しかし、あれが現実のことだったとはどうしても信じられない。

車にはねられ、「ノアズ・アーク」で教授と出会ったこと。今となってはスラップスティック劇のような脱出。遺伝子操作による生物巨大化の話。そのどれもが夢の中の出来事のようだった。

　しかし現に今私は二谷教授の家で、教授のちんちくりんのジャージを着て布団の中にいる。何もかも現実のことなのだ。

　私は身体をかばってそっと起き上がったが、もはや痛みを訴える箇所は数えるほどで、その痛みも我慢できないものではなかった。

「……あの、起きてらっしゃいます？」障子の外から、遠慮がちな声が聞こえた。久美子の声だ。

「ええ」

「……坂東さんという方からお電話ですけれども」

「分かりました。今起きます」

　起きて障子を開け、久美子の差し出す子機を受け取った。

「もしもし」

『あ、先生？　ニュース見はりました？』

「ニュース？　いや。何のニュースだ」

『もう、いややなあ。ちゃんと見とってくださいよ』

「すまん」なぜそんなことを言われねばならないのか分からなかったが、つい謝っていた。

「それで何のニュースなんだ」

『カンガルーですよ、カンガルー！　街にめっっっっ、ちゃでっかいカンガルーが出たんですって！　これ、なんか先生の事件と関係あるんちゃいます？』

坂東には消えたカンガルーの件など話していなかったのだが、さすがに連想が働いたようだ。

一方私は答える言葉を失っていた。起きたばかりでまだ頭もよく働いていないのに、とんでもないことを聞かされ、何と言ってよいか、何を考えたらよいのかさえ分からなかった。まさか、という思いと、やっぱり、という思いが交錯する。

「――どこだ。どこに出たんだ」

『ええっと……今は河原町通りを南下してるみたいですね。事故とか起きてるそうですわ。あっ、今映った』

今現在テレビ中継がされているらしい。私は何も言わず電話を切ると、「テレビを……テレビを見させてください」と久美子に言った。夕べお茶を飲んだ居間へ降りると、久美子は何も聞かずテレビのリモコンを取りあげてスイッチを入れた。既に起きていたらしい二谷教授が、私たちの声を聞いて出てきたのか、何事かと言う顔をして階段を降りてくる。

「どのチャンネルが、いいですか？」久美子が訊ねた。

「――京都テレビにしてください」河原町をカメラで映していると言うのなら、地元のテレビ局の方だろうと思ったのだった。

チャンネルを替えるなり、まずうわずったレポーターの『今私たちの目の前を巨大なカンガルーが通りすぎていきました。巨大なカンガルーです！』という連呼が聞こえてくる。そして映った画面は見慣れた河原町で渋滞する車の列。カメラマンはレポーターと共にその車の間を、カンガルーを追って走っているようだった。手ぶれが激しくテロップも何もない画面が、かえって緊迫感を生み出している。時折録画になり、大破した車が映る。巨大カンガルーが車を踏みつぶして行ったというのだろうか？

丸善がちらりと映ったので三条を越えたあたりだと気がついた。

私は振り向いて教授を見つめた。「教授。これは――」

「私のせいだよ。私のせいだ。私が連中にベクターを渡しさえしなければ――」

「そんなことを今言っていても仕方ないでしょう！　何か方法はないんですか。元に……元に戻すことはできないんですか？」

「……正直言って分からん。そんなことは考えたこともないからな。もう一度遺伝子を組み替えてやればあるいはとも思うが……」

しかしいずれにしろ警察なり地元の猟友会なりが見つけた時点であのカンガルーは殺されてしまうに違いない。あのマチルダは。

――マチルダ。その名前と同時に浮かぶのはもちろんいまだ見た事もないカンガルーなどではなく、一人の少女の姿だ。「友達」を探して欲しいと訪ねてきた少女。残念ながら彼女の依頼の方はうまく果たせなかったようだ——そう思ったとき、あることに気がついた。マチルダは、ノアズ・アークに向かっているに違いないということだ。京都で唯一自分が知っている場所。唯一仲間のいる場所。

そしてそのことを知っているのは、ここにいる私たちだけ。

私は喘（あえ）ぐように言った。「車を……車を貸してもらえますか」

14

久美子は自分が運転すると言って聞かなかった。おまけに私は免許証も持っていない。仕方なく彼女の運転するミニ・クーパーに同乗し、南へ向かってもらった。

「河原町は渋滞してるでしょうから、堀川を下がって、京都駅の裏に回ってください」

私はそう言ったが、失敗だったかもしれない。

路面状態の悪い京都市内の道の中でも、堀川はとりわけがたがただ。小さな車はそんな路面で何度もバウンドし、頭を天井にぶつけないようにするためには前屈みになっていなければならなかった。日本人の中で特に大きな方ではない私でさえこうなのに、背が高いはずのイギリス人が本当にこんな車に乗っているのだろうかと疑問に思う。

ＡＭラジオを付けると、興奮したレポーターの声がすぐに聞こえてきた。

『……町通りは五条から今出川まで、ほとんど車の流れがストップしています。四条通りもほぼ同様です。事故や渋滞の原因となった、カンガルーと思われる巨大な動物については現在ヘリコプターによる空からの追跡が行われている模様ですが、詳しい情報はまだ入ってきていません。現在判明している負傷者の方々は、次の四名です。ナカタ・アツオさん、ナカタ・ミドリさん、クボ・シンイチロウさん……』

「負傷した人までいるんですね。カンガルーが……父のウイルスで大きくなったカンガルーが人を襲ったんでしょうか」久美子はその責任の一端が自分にもあるような口調で言った。

「……どうかな。カンガルーのせいで事故が起きてると言ってたから、直接襲ったわけではないのかもしれない」

巨大化したカンガルー——これだけニュースで騒いでいる以上、それが本当に存在することは確かなのだろうが、この目で見るまではとても現実のこととは思えない。一昔、いや、二昔前のパニック映画には、巨大蟻だの巨大タコだのといったものが溢れていたものだが……。

しかし元来カンガルーは草食動物のはずだ。そうではなかったろうか？　あの咲という少女ならきっと詳しいことを知っているのだろうが、私にはその程度の知識にも確信が持てなかった。

有袋類であることは間違いない。お腹に袋があって子供を育てる。オーストラリアにしかいない。ぴょんぴょん跳ねる。ボクシングをする——多分。いや、あれは見世物用に訓練されたものかもしれない。

「カンガルーって……草食ですよね」私は無知と思われるのを承知で訊ねた。

「え？　ええ、そうでしょう。——そんなに狂暴じゃないはずですけど……」彼女は口ごもった。元来おとなしかったとしても、巨大化などという異常な状態にあって興奮しないわけがない。

渋滞しているらしい四条通りを越えると、あとは早かった。

『ただ今入りました情報によりますと、河原町五条でも追突事故が発生した模様です。カンガルーはそのまま南下を続けています。付近を運転中の方は速度を落とし、注意して走行してください』

JRの線路に近づくと、先程から虫の羽音のように聞こえていたヘリの爆音が大きくなってきた。市内のパトカーが全部集まろうとしているみたいに、何台も私たちの車を追い抜いていき、そのたびに脇に寄って停車させられる。

七条通りを越える時に、窓から顔を出して見上げると、鴨川の上あたりで京都府警のものらしい白黒のヘリがホバリングしていた。まだカンガルーはJRの線路を越えていないのかもしれない。追い抜いていくパトカーもすべて七条で東へ曲がっていく。直進して線路の下をくぐり、京都駅の八条口側に出る。

「ノアズ・アーク」が見えた。

そのあたりにまだパトカーがいないところを見ると、やはり誰もカンガルーとここを関連づけたりはしなかったらしい。

突然車が流れなくなり、クラクションがあたりに充満する。ヘリのローター音が近づき、ビルの谷間に反響して耳を圧する。

間違いない。こっちへやってきているのだ。

「降りた方が早そうだ。──あなたは家へ戻っていてください」

「あ……あの！」久美子が慌てたような声をあげ、私は半分足を外へ出したまま振り返った。

「何です？」

「あの……お気をつけて」

「……どうも」

私はぎこちない笑みを浮かべた。

すぐに真顔に戻ると車を降り、走り出した。教授の古い靴を借りて素足に履いているのだが、思った以上にきつくてすぐに足が痛くなった。サンダルか何かにしておくんだった。思い切って靴を脱いで手に持ち、再び車の間を縫って走る。

まったく動かなくなった車の列から、苛立って降り立つ人々も見られた。彼らは裸足で走るジャージ姿の私を奇異の目で見つめ、空を見上げる。ニュースを聞いていないのか、何が起こっているのか理解していない様子だった。

突然それが見えて、私は見えない壁にぶつかったマルセル・マルソーみたいに立ち止まった。

ヘリの真下、停止した車の列の先頭に、それがいた。それは道路の真ん中で、途方にくれたような様子をしてきょろきょろと首を巡らせていた。

広い道路の真ん中、無数の車に囲まれて佇む巨大な灰色のカンガルー。カンガルーがそんな場所にいることも、そのカンガルー自体も異様な大きさだというのに、最初その光景はなぜか、ひどく見慣れたもののように見えた。まるでテレビCMか何かの一場面のようだった。なぜそんなふうに感じたのかは分からない。後でいくら首をひねってみても、そんなCMを見た覚えなんかないのだから。

次の瞬間、カンガルーがぴょんと飛び上がり、手近にあった白いベンツのボンネットに乗った。ベンツはぐん、と沈みこみ、乗っている人のものらしい悲鳴がローター音の隙間からかすかに聞こえた。私はその時点で初めて、カンガルーの大きさを把握することができた。

身体を起こして後ろ足ですっくと立ったその身長は、普通の人間の倍近くありそうだ。小さく見積もっても三メートル弱。熊でさえこれほどの大きさのものは少ないのではないかと思えた。

ましてカンガルーだ。この前「ノアズ・アーク」で見たカンガルー達は、せいぜい私のお腹のあたりまでの身長しかなかった。それが遺伝子操作によってあのように巨大化するというのか――。

カンガルーはぴょんぴょんと車の屋根から屋根へ飛び移った。頑丈そうなベンツの屋根でさえ、その体重にくしゃりと紙のようにつぶれる。

私はカンガルーの向かっている先を見定めると、車の間を縫って「ノアズ・アーク」への最短距離を走った。

『そこの方！　危険だから近づかないように！』

上からひび割れた声が降ってくる。私のことだと気づいたが、もちろん無視した。

カンガルーは「ノアズ・アーク」のビルの正面に立ち、上を見上げながらくんくんと鼻をうごめかしていた。

ヘリの音に紛れて私の裸足の足音は聞こえなかったのだろう。私が数メートルの距離に近づくまで奴は振り向きもしなかった。

突然、はっとした様子で振り向き、そのガラス玉のような瞳でこちらを見つめたので、私は立ち止まった。

畏怖（いふ）の念が私を襲った。それは別に、バイオテクノロジーだの遺伝子がどうだのといった得体のしれない科学技術に対するものではない。ただ単純に、目の前にいるこの大きくて美しい生き物に対するものだった。

すっくと立って私を見おろすその姿。ふさふさと美しいシルバーグレイの毛並み。今にも爆発しそうな瞬発力を秘めている、逞（たくま）しい筋肉のうねり。

ふと見ると股（また）の間には生殖器らしきものがぶら下がっていた。マチルダという名前から私はてっきりメスだとばかり思っていたが、明らかにオスだ。

「……マ……マチルダ……?」私は思わず呼びかけていた。

ヘリの騒音の中、私の声が届いたのかどうかは分からない。しかし〝彼〟は耳をぴんと立て、首を傾げた。私は二、三歩よろめくように近づいた。

この時私は何も考えていなかったのかもしれない。いかにおとなしい動物といえども、ひとたびその気になれば私など一蹴りで殺すことができたに違いないのに、恐怖や不安はまったく感じなかった。

私が手を伸ばしながら近づくと、〝彼〟は前足を地面につけ、鼻先を私の手に近づけてくんくんと嗅いだ。まだ手に二谷教授の靴を持っていた。悪いとは思ったが、両方とも地面に放り出す。

『そこの男! 危ないから離れなさい!』

後ろから拡声器の声が響き渡り、〝彼〟はびくんとして再び立ちあがった。

振り向くと、制服警官が何人もこちらへ向かって駆けてくる。先頭の一人は腰のホルスターから拳銃を引き抜き狙いをつけようとする。

「撃つな!」私は叫びながら両手を大きく広げて振った。

まったく馬鹿なことをしたものだ。まさか街中でいきなり撃ってくるはずもないが、そこまで冷静に考えた上での行動でもなかった。

〝彼〟は危険を察知したのか、歯を剝き出しにして低く唸っている。

「落ち着け……マチルダ……いい子にしてろ……」そう呼び掛けながら、頭を撫でてやろうと私はさらに一歩、近づいた。その時〝彼〟はくるりと向きを変えたので、太い尻尾が身体に当たって私はよろめいた。倒れまいと伸ばした両手が〝彼〟の尻尾を掴む。意想外に体毛はデッキブラシのようにごわごわだ。

〝彼〟は苛ついたように尻尾を左右へ振る。跳ね飛ばされそうになった私は何を思ったか——どうかしていたとしか思えない——這い上るようにしてカンガルーの背中に跨がった。

次の瞬間、私は空中高く舞い上がっていた。

〝彼〟が、大きくジャンプしたのだった。

虚空で両足をばたつかせながら、私は〝彼〟の首にしっかりと手を回していた。

そして落下。着地の一瞬後、硬い背中に全身を叩きつけられ、息が止まる。戸惑っているらしく、〝彼〟は首を巡らせて背中の私を見つめる。ずり落ちかけた身体を引き戻すのと〝彼〟がまたジャンプするのが同時だった。今度は低い軌道で前方へ。

私は顔がひきつるのを覚えながら、両膝でカンガルーの腰のあたりを強く挟みこむ。着地の瞬間、首をつかんだ両手と両膝で衝撃を和らげる。息つく暇もなく連続ジャンプ。むちうちになりそうなほど首ががくがくと揺れる。風を切ってどこかへ向かっていることは分かっていたが、しがみついているだけで精一杯で、周りを見る余裕などない。

左に方向転換した。慣れない背中の荷物のせいか〝彼〟は一瞬ふらついたが、またすぐに跳ね続ける。

歯を食いしばりながら顔を横に向けると、細い一方通行路のビルの谷間を疾駆している。振り落とされればビルの壁に叩きつけられそうだ。

ヘリの音も、サイレンも、何も聞こえない。ただ風を切り裂いていく音だけが鼓膜を激しく打った。

乗馬こそしたことがないものの、かつて中型のバイクを乗り回していたことがあったのが幸いしたかもしれない。それでもカンガルーの背を締めつけている膝の力も徐々に抜けてくる。首に回した手にじっとりと汗をかき始め、気をゆるめると滑りそうになる。

車道に飛び出した。クラクションと急ブレーキの音が悲鳴のように響き渡る。事故が起きたのかどうか、確かめることもできない。

ふと、すべてが楽になった。少しずつ周囲を見渡し、一瞬で通り過ぎる人々の驚く顔が見えるようになってきた。

カンガルーのジャンプのリズムと、自分の呼吸が一致していることに気づいた。着地と同時に息を吐き、飛んでいる間に息を吸う。これまでのように必死でしがみつく必要もない。重要なのは〝彼〟の次の行動を予測することだ。気まぐれな方向転換、時たま行う大きなジャンプ……しかしそれも、膝を通して伝わってくる筋肉の動き、〝彼〟の頭の向きから苦もなく読み取ることができた。

私は、世界で初めてカンガルーを乗りこなした男かもしれない。そう考えると嬉しくなった。――おそらく何の役にも立たないだろうが。

いつの間にか鴨川沿いに出ていたことに気づいた。汗だくの身体に冷たい川風が心地好い。カンガルーも私もハッハッと真っ白な息を蒸気機関車のように吐き出しながら、川端通りを北へ駆け抜けた。

〝彼〟の足取りが乱れている。私もひどく疲れていたが、〝彼〟だって無限に体力の続くわけがない。慣れない荷物を載せ、こんなにも大きくなった身体で駆け回れば疲れて当たり前だ。

前方十メートル位のところをずっとつかず離れず大きな影が動いているのに気づき、相変わらずヘリが追いかけてきているのだと分かった。耳に神経を戻すと、どうして今まで忘れていられたのかと思うほどの爆音。

前方を見ると三条大橋が見えた。その橋のたもとに、パトカーが集結して道路を封鎖している。といっても私たちの行く手をさえぎるように封鎖しているのではなく、東西の車を止めているのだった。〝彼〟は一向に気にする様子もなく、警官隊の前を通り過ぎた。首をねじ曲げて後ろを見ると、それっとばかりにパトカーが動きだし、川端通りを封鎖した。退路を断つつもりらしい――そう思って顔を戻すと案の定、次の御池通りは機動隊の灰色の車輌が塞（ふさ）いでいて、ジュラルミンの盾を持った機動隊員達がずらりと並んでいた。警官達も何も考えていないようで一応計画を立てていたのだ。

西が鴨川になっている川端通りで挟み撃ちにしようとしたのは、当然だったかもしれない。北と南の出口を塞いでしまえば逃げ道はほとんどない——そう思ったのだろう。

〝彼〟も機動隊の姿にはさすがに驚いた様子で、立ち止まって後ろを振り返った。後方のパトカーはじわじわと隙間を作らないようにしながら前進してきている。

『君達は包囲されている！　おとなしく投降しなさい！』後ろのパトカーの方から、そんな声が聞こえてきた。

まるで私がカンガルーを操っているような言いようだ。

——しかし、自分のしてきたことを振り返り、そう思われても仕方がないと気がついて愕然とした。巨大カンガルーを自在に操る悪の猛獣使いか、そうでなければ頭のおかしい野次馬だ。

私は一体なぜこいつに跨がっているんだろう？

そもそも私は何をしにこいつを追いかけてきたのだろう？

分からなかった。

何一つ自分の行動の理由が分からなかった。

次の瞬間、〝彼〟は再び跳躍した。

15

〝彼〟が跳んだのは、左側――鴨川へ向けてだった。

　土手に作られた遊歩道へ着地すると、散歩していたらしい数人の男女が慌てて逃げだした。

『こら！　止まれ！　止まらんか！』

　相変わらず警察の拡声器はそんなことを喚いていたが、私はここなら自由に走り回っても誰にも迷惑をかけないだろうなどと考えていた。

　遊歩道からさらに下に向けて飛び降りたとき、〝彼〟はぐらりと揺れて前足を地面に突き、その勢いで私は水面に投げ出された。凍りつくような水に一瞬全身が沈む。

　水嵩（みずかさ）は膝上（ひざうえ）くらいだったが、幸い足から落ちたのでさほど痛い思いはせずに済んだ。すぐに立ち上がって〝彼〟の姿を探した。

　一瞬、どこかへ行ってしまったのかと慌てたが、〝彼〟はまだ目の前にいた。水際で倒れ、もがいている。

「おい……どうした？」

私がじゃぶじゃぶと水を撥ねかしながら声を掛けると、倒れたカンガルーは首だけを私の方へ向けて、「クゥーン」と小犬のように鳴いた。

私は急いで水からあがり、〝彼〟の元に駆け寄った。

〝彼〟は左側を下にして横ざまに倒れていたが、何度も起き上がろうとしては再び倒れる。左側の後ろ足がだらんと垂れていて力が入らない様子だった。恐らく着地の衝撃で折れたのだろう。

触らないほうがいいだろうと判断すると、頭の方に回り、首から背中へかけて撫でてやった。

『離れなさい！　そこの男、カンガルーから離れなさい！』

頭上のヘリが低くホバリングしていて、大きな声が響き渡る。激しい風圧で、水面に波が立つ。〝彼〟が顔を上へ向けて、「グルルル……」と喉の奥で唸った。

「いいから落ち着け……気にするな……」私は背中を叩きながら耳元で言った。

遊歩道から十数人の機動隊員が駆け降りてきて、私たちを取り囲んだ。中にちらほらと、拳銃を構えた制服警官達も見える。

私は咄嗟に〝彼〟の上に身を投げ出し、

「撃つな！　こいつは怪我をしてる！　もう大丈夫だから撃たないでくれ！」と叫んだ。

じりじりと近づいてくる機動隊員。

「私は交通課の三枝警部補の知りあいだ！　三枝警部補を呼んでくれ！」

彼らは少し躊躇した様子で顔を見合わせた。

私がさらに声を張り上げて、怪しいものじゃない、と言いかけた時、救いの神の姿が目に入った。

「警部補！」

三枝警部補は大仏のように温和な顔をした年齢不詳の男だ。三十と言っても通用しそうだし、五十近いと言われたら驚きつつも信じるだろう。

「やあ、やっと捕まりましたね」警部補は機動隊員をかきわけながら慎重に私に近寄ると、嬉しそうにそう言った。

「……詳しい話は後でします。とにかくこのカンガルーを助けてはもらえませんか。こいつはただの……何というか……ただ使われただけなんです。悪い連中に」

我ながらひどい説明だと思ったが、その場ではこれ以上の言葉は思いつかなかった。

「悪い連中……か？」

怪訝そうに聞き返す警部補に、私は何度も頷いた。

「なるほど。とりあえず今は信じとくわ。——おい！」警部補は後ろの誰かに向かって声をかけ、手を振って前へ出るように促す。

猟銃を持った私服の男が数人、前へ出てきた。

「ちょ……ちょっと待ってくれ！　こいつは悪くないって言っただろう——」

「あれは気にせんとって。念のために持っとるだけや。――はよ麻酔を！」

男達の間から鞄を持った男が一人素早く近づいて、カンガルーの脇に膝を突いた。

「ほんまにでっかいな……！　こんなカンガルー、見たことあらへん」首を振りながら呟き、鞄から金属製の筒のようなものを取りだした。キャップのようなものを取ると、太い針が現れる。ちらりと〝彼〟の全身に目を走らせると、尻のあたりに無造作に針を突き立てた。どうやら注射器のようなものらしい。

「グルゥ！」と〝彼〟は一声唸ったが、それ以上の抵抗をする気力も体力もないようだった。獣医らしき男は私たちの方を向いて、「大丈夫。キリンだって眠る量です。当分起きへんでしょ」と聞きもしないことを教えてくれる。

私たちはしばらくまばたきも忘れて見つめていたが、やがて〝彼〟はとろんとした目つきをしたかと思うと、二、三度抗（あらが）うように足をぴくぴくさせた後、結局頭を地面につけて深い眠りに落ちたようだった。

安堵の溜め息をつくと、押し込められていた疲労が波のように襲いかかってきて、私はがっくりと手をついた。

〝彼〟はとりあえず岡崎にある市立動物園に運ばれることになった。たまたま空いている猛獣用の檻（おり）もあったし、獣医もいる――ちゃんとカンガルーのことも知っている獣医が。

私はパトカーで川端警察署に連れて行かれ、三枝警部補同伴のもと、知っていることを包み隠さず話すよう言われた。しかし、余りにも腹が減っていたので出前を取ってもらい、それを食べてからということにしてもらった。届いたかつ丼を食べるために割り箸を割るのさえ、手が震えて警部補に割ってもらわなければならないほどだった。一瞬でぺろりと平らげると、まだ物足りない感じだったが、苛々した様子の警官達の顔を見て我慢することに決めた。

三枝警部補の〝顔〟のおかげか、容疑者扱いはされていないらしく刑事部屋の一角だった。そこで私はすべての始まりから順を追って話した。

二谷久美子と咲の依頼。それらが偶然結び付いたこと。ノアズ・アークの監視と〝潜入〟、二谷教授の奪還。そして二谷教授が研究していた遺伝子操作があのカンガルーを巨大化させたのだということ。

誰もが信じられない様子だったが、そう口に出して言うものはいなかった。

あの巨大なカンガルーを実際その目にした後では、信じるしかないのだ。あれが自然に存在するものだと言われるより、遺伝子操作だと言われた方がはるかに信じやすいだろう。

「ほな、あれは……あれはバイオテクノロジーとやらの産物やと？」三枝警部補が呟くように言った。

「そういうことになります。詳しいことは、二谷教授に聞いてください。誘拐のこともありますし」

「……なるほど。——ところでちょっと話は変わるんやけど、君は一体なんであのカンガルーに乗ろうなんて思ったんや？」

私は返答に困った。自分でも分からないのだから答えようがない。

「……私が説明しないと、殺されてしまうんじゃないかと思ったし……」

「だからって、乗らんでもええやろ」別に責めている口ぶりではなかったが、私は責められているように感じた。

「そうですね……成り行き……ですかね？」

「成り行き、ね。ふんふん。分からんでもないよ、分からんでもない。そやけどね」警部補は一旦言葉を切って、眠っているような目をかっと見開いて怒鳴った。「死んだらどないするんや、この、どアホ！」

背筋がぴんと伸びるような怒声だった。こんなふうにびくっとしたことは中学以降とんとない。

「す……すみません……私は別に……」

何か謝らなければと言葉を探しているうちに、警部補の顔は元の大仏顔に戻り、嬉しそうに訊ねてきた。

「——で、乗り心地はどやった？」

話を終えた後で、私はうどんの出前を取って食べることにした。ここ何日もの体力消耗がここへきてたたっているのだろう。

一人でうどんをすっていると、「探偵さん！」という子供の声が聞こえて私は顔をあげた。予想通り、婦警に連れられて来た咲と母親の姿がそこにあった。

「よう」私はいつになく上機嫌で、箸を挙げて挨拶した。

「よくここが分かりましたね」と母親に視線を移して言う。

咲は嬉しそうに飛んできて私の向かいに腰を下ろす。母親は当惑した様子で、「はあ、今この子にせがまれて動物園の方に行って参りまして、そこであなたがここにいらっしゃると伺ってきました」

きっとテレビのニュースを見て、咲が気がついたに違いない。「なるほど。マチルダをご覧になりにいったんですね」

「違うもん！　マチルダさん見てないもん！」咲は不服そうにそう叫び、テーブルを両手でばんばん叩く。うどんの汁がこぼれそうになり、私は慌てて丼を手に持った。

「……あ、そう。見てないの。そりゃ残念だね」私はまだ上機嫌だった。

しかし次の瞬間、少女は信じられないことを口にした。

「うん。あれはね、多分マチルダさんの子供ね」

私は凍りついた。すすりかけたうどんを唇からぶらさげたまま、私は目を剝いて咲を睨んだ。「が……ぐがっげ?」

「何?」咲は無邪気な瞳で聞き返してくる。

私は慌ててうどんを飲み込み、息を整えてから母親に向かって聞き直した。

「今……この子は何て言いました?」

母親は、「この子は、あれは似てるけど絶対マチルダさんじゃないって言うんですよ」と申しわけなさそうに言った。本当に申しわけなさそうに。

私はぱくぱくと口を動かし、改めて咲の方を向き、無理に笑いかけた。「……驚いたよね、あんな大きくなっちゃってて。マチルダに見えないのも無理はないけど、あれがマチルダに決まってるだろ? それとも他にもカンガルーがいなくなってた?」

咲は首を横に振った。「ううん。でもね、マチルダさん、お腹の袋に子供がいたよ。すっごく小さくてネズミみたいだったけど。あの子がきっと大きくなったのね。マチルダさんによく似てるもの」

「お腹に……子供が……? じゃあ、マチルダって……?」

「マチルダさんは女の子よ。決まってるじゃない」

私は急に悪寒に襲われた。そして眩暈。

そんなはずはない。そんなはずはない。

私はそう何度も心の中でくり返し、平静を保とうとした。

あれが――あの巨大なカンガルーが子供でなんかあるはずがない。それともネズミのように小さい状態から、数週間で親を追い越すほど大きくなるものなのだろうか？

いや、それよりももっと普通の考えはこうだ。この少女の言っていることがすべて正しかったとしても、実験に使ったカンガルーがマチルダとその子供だけとは限らない。どこか別の場所からやはり似たようなカンガルーを手に入れたのだ。そうに決まっている。

ノアズ・アークにはまだ他にもカンガルーが残っていた。なぜそれを使わないのだという当然の反論は頭の隅に押し込めた。

先程から筋肉などは痛みを訴えていたが、突然、頭から足の先までぎりぎりと万力で締め上げられているような痛みを覚え、私は丼を取り落とし頭を抱えた。丼はテーブルに落ちてひっくり返り、残っていた汁を床にぶちまけたが、気にしている余裕はなかった。

「どうしたの？　探偵さん、どうしたの？」

「……だい……じょうぶ。大丈夫。ちょっと疲れが出ただけだよ」多分。

適当に気休めを言ったのだったが、実際痛みはすぐに微熱と鈍痛にとってかわり、咲に向かって微笑んでみせられる程度にはなった。

離れたところで電話を掛けていた三枝警部補が慌てた様子で飛んでくる。

「どないした。具合、悪いんか？」

「いえ、もう大丈夫です」

警部補にあのカンガルーは子供かもしれない——それも生まれてまだ間もない——ということを言うべきかどうか迷った。そしてその親らしきカンガルーがもう一匹どこかにいるかもしれないということを。

結局私は言えなかった。確かなことではなかったし、たとえ警部補に伝えたところで彼に何が出来るわけでもない。

誰も何もできない。

誰も。

もし何かできる人間がいるとしたら、それは二谷教授だろう。

——その考えが間違っていたことを私が知るのは、一週間後のことである。

16

三枝警部補のパトカーで一旦アパートへ送り届けてもらい、一階に住んでいる大家に鍵を借りて中へ入った。まともな服に着替えると、アパートや事務所、車のスペアキーを発掘した。本当はシャワーでも浴びて身体に染み付いた獣臭い匂いと汗を落としたいところだったが、警官を待たせながらのんびりできるほど神経が太くない。

鏡を見ると、着たばかりのジャケットの肩に埃が一杯ついている。ブラシで払おうとするとそれはふけだということに気がついた。大量のふけ。最後に風呂に入ったのはいつだったろう。――思い出せない。今晩はゆっくり風呂に入って休もう。

古い革靴を履こうとしたらきつくてなかなか入らず、私は首を傾げた。これは買った時からどちらかといえば緩かったもので、履いている間にさらに緩くなったので、これを履くのは冬、分厚い靴下を履いている時くらいのものだった。

一瞬、嫌な――とてつもなく嫌な想像が頭をかすめたが、すぐに馬鹿げたことだと追い払った。

多分、疲れで足がむくんでいるのだ。

無理矢理に足を押し込めると、私は自分の鍵でドアをロックし、下へ降りて合鍵を大家に返し、パトカーに乗り込んだ。

車が走り出すと警部補は隣に座った私をじろじろと眺め、どきっとするようなことを呟く。

「なんや、自分の服もちんちくりんやな」

「……安物なんで、クリーニングで縮んだんでしょう」言いながら、私はぎゅっと拳を握り締めていた。手のひらに汗をかいている。

「ふうん……再婚する気はないいん」

いきなり話がそれる。

「……そんな甲斐性がないのはご存知でしょう」

「そんなことないやろ。——君、明日からモテモテやで」

「は？　どういう意味です」

警部補はくっくっくっ、とこらえきれない様子で笑う。「あのカンガルーロデオ。ばっちりテレビに映っとったからな」

言われてみれば、あれだけ長い間乗っていたのだから、当然どこかでテレビに映されても仕方がない。

「でも、ローカルでしょう」

「とんでもない！　あのニュースは全国区や。いや、国際的なニュースやで。なんせバイオテクノロジーでカンガルーが巨大化したんやからな。どこの局もおんなじ映像借りて流してるで」

ちんちくりんのジャージを着てカンガルーにしがみついている姿が世界中に流れるというのか。我ながら自分の考えなしの行動にげんなりした。

パトカーは昼間と同じ堀川通りを南下し、ノアズ・アークにたどり着く。

当然のことながらノアズ・アークは閉鎖され、警察の捜索の手が入っていた。私は三枝警部補と一緒に地下へ赴いて、場所の確認だけすることになったのだ。

坂東に蹴られて転げ落ちた階段を降り、監禁場所へたどり着くとそこには私服の刑事と一緒に二谷親子がいた。

「教授」

「おお！　君か」教授は一瞬私の顔を見て嬉しそうな表情を浮かべたが、すぐにその笑みを強ばらせる。

「教授も現場検証ですか」

教授はなぜか目を伏せて私の視線を避けた。

「あ……ああ。そうだ。今この男に同じ話を三度もしておったところだ。そんなに何度も聞きたいならテープに取っておけばいいのにな、そう思わんか？」

「話が変る人もいらっしゃいますからね」と見知らぬ刑事はやんわりと反論した。

「ふん。まあいい。その探偵の証言と突き合わせれば、私が嘘を言ってないことはすぐ分かるだろうさ」

二谷教授の言葉が合図だったかのように、刑事は私へ矢継ぎ早に質問を繰り出した。

気がついた時いた部屋はここか？　その後どうしたか？　犯人グループの顔を思い出せるか？　坂東という男は何者か？

ひとしきり質問をした後、刑事は初めて私の目をじっと覗きこんで、はにかむように微笑んだ。

「ところで——これは個人的な質問なんですが——カンガルーの乗り心地はいかがでした？」

「……悪くないよ」私はうんざりしながら言った。「悪くない。ノミさえ我慢すれば」

刑事が冗談か本気か計りかねたような表情をしている間に、私は踵(きびす)を返して廊下を戻りノアズ・アークの地下駐車場に出た。後ろから教授の声が追いかけてくる。

「待ちたまえ。君！」

私は立ち止まって振り返った。

教授はじろじろと私を頭から足の先まで眺め、ごくりと唾を飲み込む。

「何です？」

「あー……その……なんだ。具合はどうかね？」

「具合……とおっしゃいますと？」

「具合は具合だよ。……そう！　君は大体、ひどい事故に遭ったんだよ。おまけにカンガルーなんぞを乗り回して。もう何ともないのかね？」

どうも様子がおかしい。

私は不審の念を隠して答えた。「ええ、おかげさまで。——時々全身が締め付けられるように痛みますが」

さりげなく付け加えた言葉に、教授はぎょっとしたように見えた。

「……まさかな……いや……そういうこともありうるか……しかし……？」

ぶつぶつと呟きながら自分の世界に入ってしまったらしい教授に、私は意を決して呼びかけた。

「教授……教授！」

「——あ、ああ？　何だね」

私はぐっと教授に顔を近づけると、目を睨みつけながら言った。「私の身体に何をしたんですか」

数秒の沈黙が、雄弁に物語っていた。

教授は、間違いなく、私の身体に、何かをした。

それは何か？　問うまでもない。質問をしてしまえば、ただの悪い想像が悪夢に変るかもしれないのだ。とびきりの悪夢に。

私は叫ぶように言った。「まさか私に……私に遺伝子操作をしたんですか！」

教授は叱られた子供のように首をすくめ、上目遣いに私を見上げると、こくりと頷いた。

「うん。実はそうなんだ。すまない」

うん、実はそうなんだ、すまない。うん、実はそうなんだ、すまない。

何かの聞き間違いのような気がした。勝手に遺伝子をいじくったことを謝っているようには聞こえない。

「お父さん……本当なの、お父さん」久美子が脅えた様子で父親を見つめている。

うん、実はそうなんだ、すまない。お詫びに飯でもおごるよ。なーに、遺伝子操作といったってどうってことないさ。ちょっと大きくなるだけ――。

「私は……私は、これからどうなるんです」

恐怖を感じるより早く、声が震えていた。目を落として自分の手のひらを見つめた。この身体に、あのカンガルーに投入されたのと同じウイルスが入ったのか？

「なあ、君は私に感謝してくれてもいいんだぞ。君は放っておいたら確実に死ぬところだったんだから」教授は一転して居丈高な態度に出た。

「死ぬところだった……？　どういう意味です」

「その通りの意味さ。君はひどい事故に遭ったと言ったろう。全身をひどく打っていて、失血も激しかった。すぐに救急車を呼んでもまず助からないような状態だったんだ」

ひどい事故。確かに私が目を覚ました時から、教授はくり返しそう言っていた。しかし私は自分の身体の様子から、大したものではなかったに違いないと結論づけたのだ。

「私が死にかけていた……？」

「そうだ。まさしく。しかも連中は君を病院に連れていくつもりなんかなかった。あそこの貧弱な医療設備で私に出来ることはたった一つしかなかったんだ。連中がカンガルーにしたのと同じことだよ」

「――でもなぜ？　なぜそんなことを？」

「ゴライアスには――私と野村が、ベクターウイルスにつけた名前だが――巨大化の過程で、当然のことながら激しい新陳代謝が行われ、自己修復能力を高める効果があることが分かっていた。あのとき君を救う可能性があったのは、ゴライアスだけだったんだ。もちろん多少身体は大きくなるかもしれないが、死ぬよりはいい。そうだろう？」

そうだろうか。死んでいた方がまし――そういうこともあるのではないだろうか。

「どうせ死んでゆく人間なら、ゴライアスの効果を試させてもらってもいいんじゃないかとも思ったし……」

悪びれもせず言う教授の顔を見て、案外そっちの方が本音なのではないかと思った。命を救う「かもしれない」のだから、「ちょっとした実験」をしても許されるだろうという考えだ。

腹を立てても仕方がない。命を救われたことが事実なら、教授に怒るのは筋違いだろう。しかし――。

「私はどの程度……どの程度その……大きくなるんです？」巨大化、などという言葉は使いたくなかった。十倍も二十倍もの大きさになるように聞こえる。ゴライアス、などという名前も気に食わなかった。ダビデに打ち倒されたという巨人の名前のはずだ。どう考えてもいい役回りではない。

教授はあっさり首を振った。「分からんね。神のみぞ知るというところか」

「一体どれくらい投与したんです？　その……ゴライアスとやらを」

教授は舌打ちする。「分かっておらんな。ゴライアスはあくまでも遺伝子導入のためのベクターにすぎん。組み替えが成功するかどうかが問題なのであって、投与した量によって大きさを自由に調節できるわけではない。しかも巨大化がヒトにも起きるのかどうか――それは私にも分からんのだよ。もしかしたら代謝機能だけが高まって、巨大化現象はまったく起きないかもしれない」

まったく起きないかもしれない――私はその言葉を信じたかった。

足を締めつけている靴、いつの間にか裾の短くなったズボン、そして全身を包む痛み――

それらすべてのことと、巨大化はまったく別のことなのだと思いたかった。

腹がぐるるる、と派手に鳴って私は驚いた。さっきあれだけ食べたというのにもう腹が空いているとは。

教授はじろりと私を見て、指を立てた。

「一つアドバイスしておこう」

「……何です」

「カルシウムだけは大量に取りたまえ。さもないと死ぬぞ。あとは自然の欲求に任せても多分大丈夫だと思う」

ブタだったか何かが体重を支えきれなくて死亡したという話をしていたのを思い出した。アメリカあたりじゃそういう異常な肥満体の話を時々聞くが、そんなみっともない目にあうのだけはごめんだ。

「食事を我慢することで進行を防ぐことは、できませんか？」

「骨や筋肉に蓄積された栄養分まですべて燃やしつくしてボロボロになるぞ。やめた方がいい」

矢吹丈（やぶきじょう）みたいに真っ白な灰になるとでも……？

私はこらえきれなくなって笑いだした。

教授と久美子は、ついに気でも狂ったかという目で顔を見合わせ、一歩下がる。

「冗談じゃない！　飯を食って食って食って、どんどんどん大きくなるっていうのか？　餓死するかブタになって死ぬか、巨人になって生きるか？　結構な選択じゃないか。あのまま何も気づかずに死んでしまった方がずっとましだったよ！」

教授は憐れみを込めた目で私を見た。

「すまんな。——せめて飯でもおごるよ」

駄目だ。この男には腹を立てるだけ無駄だった。

しかも身体は正直だ。再び腹の虫が鳴った。

京都駅南にあるショッピングビルの地下に入り、私たちは三人で食事をした。

パニック、怒り、恐怖——そういったものが合わさって限界を越え、かえって落ちついた無我の境地のようなものに達しつつあった。やけくそ、とも言うかもしれない。

とんかつ定食を二人前平らげ、その後喫茶店へ行ってケーキを食べてホットミルクを二杯飲んだ。ミルクは一応、教授のアドバイスを気にしてのことだ。とんかつ屋でも喫茶店でも、店員達がちらちらと私の方を見てひそひそ話をしているようだった。私は頰に手を当ててなるべく顔を伏せておくことにした。

「お父さん……元に戻してあげることはできるんでしょ？」激しい空腹にようやく人心地がついたころ、久美子が心配げに、私の一番聞きたくて聞けなかった質問をしてくれた。

「ふむ。不可能ではないと思うんだが……まず、例のカンガルーを使って実験をしてみるべきだろうな。ゴライアスはすべて連中に渡してしまったから、とりあえず別のベクターを使うしかないが」

「ゴライアスじゃないと効き目が薄れますか？」

「ゴライアスの方が導入はうまくいきやすいと思うがね。前にも言ったように組み替えが成功しさえすればベクターが何であるかは関係がない」

「……ではとにかく、私の遺伝子を元に戻すことは、可能なんですね？」

俄然、希望が湧いてきた。

「理論的には可能だ。可能だが——」

「なら一刻も早く元に戻してください。身体がこれ以上大きくなる前に。大きくなってしまったらもう縮まないかもしれないでしょう？」

「うん、そうなんだ。そうなんだが——」教授は口ごもる。

「何なんです？　何か問題が？」

「君の遺伝子をどのように組み替えたのか、さっぱり分かっちゃおらんのだよ」

「……どういう意味です。あなたが組み替えたんでしょう？」

「——君は今ゴライアスに感染している状態だ。体内で爆発的にゴライアスが複製され、あちこちで遺伝子を組み替えている。新たに別のベクターを投与しても、強力なゴライアスに駆逐される可能性が高い」

「じゃあ……じゃあまず、そのゴライアスを退治してくださいよ！　ウイルスなんだからワクチンを打てばいいでしょう。ワクチンを打ってください！」

「……悪いが、ワクチンはない。そんな研究もしたことがない。何せ無害なウイルスなんでな」

無害。どんどん巨大化する以外は無害なウイルス。

「ベクターに使用するウイルスは、通常一回しか感染しないようにできている。つまり、ベクターによって遺伝子組み替えが行われた細胞は、さらにウイルスを生産することはない。そうでないと、導入された遺伝子が予測もしない形で体内に広がることになりかねないからな。だから、君の細胞がすべて感染してしまったら、その時点でゴライアスはその使命を終えて消えることになる。それ以上の感染の心配はない。誰かにうつす心配はないからその点は安心して欲しい」

うつせるものなら教授にうつしてやりたいところだ。

「――ミルクをもう一杯どうだね？　どんどん飲んだ方がいいよ」

「いただきましょう。一リットルでも二リットルでも飲めますよ」

悪夢には果てがないようだった。

17

「あの……こんなふうにのんびりしてないで、入院するべきじゃないんですか？」

久美子の言葉に、私と教授は同時に聞きかえした。「入院？」

「ええ。いろんな検査を受けるべきじゃないんでしょうか？　他にどんな異常が起きてないとも限らないし。わたし……分からないけど、食事にしてもきちんと管理して摂らないと……」

あまりのショックと、頼みの綱は教授だけだと思っていたせいで、病院に入った方がいいという考えはこれまで浮かばなかった。どうやら教授の方も同様だったらしい。いや、むしろ私に異変が起きないのならそのまま放っておけばいいと思っていたふしもある。

「ど……どうなんです、教授？」

「さあ……そうだね……そりゃまあ、入らんより入った方が、いいかもしれんなあ」と気のない返事。

「お父さん！　この……この探偵さんがいなかったら、お父さんは今頃殺されていたかもしれないのよ！　命の恩人でしょ？」久美子は珍しく激した様子で父親に食ってかかる。

「私だって彼の命を助けたんだがなあ……」

教授は目を伏せてぶつぶつと呟くように言ったが、久美子は聞いていなかった。

「その命の恩人を見殺しにするつもり？　探偵さんにもし……もし何かあったら、あたしお父さんを許しませんよ」

話しているうちに気持ちが高ぶったのか、目尻には涙が滲んでいた。——それとも私の身体を心配してくれているのだろうか？

娘をなだめるかのように、教授は慌てた様子で言った。

「……はっきりと遺伝子操作の兆候が現れている以上、綿密な検査が必要なのは私も分かっていた。早速最高のスタッフを集めて実験を——あ、いや、治療を始めよう」

私と久美子は不安げな視線を交わした。

——果たしてこの教授に任せて大丈夫なのだろうか？

しかし、あいにく私には他の選択肢は残されていなかった。

荷作りを手伝おうという久美子の申し出を断って一人で自宅へ戻り、まずシャワーを浴びた。病院では風呂にも入れてもらえないかもしれないと思ってのことだったが、身体からぼろぼろと大量の垢がこぼれ落ちるのには驚いた。頭を洗うとごっそりと髪が抜け落ち、またその髪もひどく長くなっているのに気づく。爪はいつの間にか魔女のように長く伸びていて、気をつけないと頭皮を傷つけるどころか、爪自体を剝がしてしまいそうだ。

確かに、新陳代謝は激しくなっているらしい。しかし、だからといって身体が大きくなるとは限らない——そうだろう？

バスルームが急に狭くなったように感じて私はそそくさと外へ出た。

できるだけ大きめの服を探し出して身に着ける。袖が余っていつも折り返して着ていたセーターがぴったりあうのに気づいてまたまたショックを受けた。洗濯で縮んだのだと思いたかった。

気を取り直して入院のための荷物をまとめた。荷物といったって、パジャマと下着の替えと、数枚のタオル。それだけだ。

少し考えて沢田には知らせておこうと決めた。もう七時になろうかというところだったが、電話をかけると亮子の弾んだ声が聞こえてきた。

「テレビ見ましたよ！　探偵さんにあんな隠し芸があったなんて、知りませんでした！」

「……実は、入院することになってね。それでちょっと頼みが——」

「入院？　やっぱり、怪我がひどかったんですか？」

おそらく本当のことを言ってもにわかには信じられないだろうし、さらに心配を大きくすることもないと思い、曖昧に答えておく。

「いや、まあ……検査とか、ね。——ところで、事務所のことなんだが、ドアに『しばらく休業します』とでも紙に書いて貼っておいてもらえるとありがたい」

「わっかりました。『しばらく休業します』ですね。それだけでいいんですか？」

「ああ。長引くようならまた何か頼むかもしれないけど」

「いいですよ。——先生に、替わりましょうか？」

「いや、いい。入院することだけ伝えておいてくれないか」

「はあい」

「……亮子ちゃん？」私は最後にずっと気になっていた質問をすることにした。

「はい？」

「——テレビ映りは、どうだった？」

一瞬の沈黙の後、若い女性に似合わぬ馬鹿笑いが聞こえてきたので、私は黙って電話を切った。

他に入院を知らせておくべき相手はいないだろうかと考えてみたが、誰も思い浮かばなかった。何とも寂しい話だ。

アパートを出て行く前に一度、ぐるりと部屋を見回した。気のせいか、狭い部屋がさらに小さくなったように感じる。

もう私はここには戻ってこられないのではないか。たとえ死ななかったとしても、このドアをぐることはできなくなっているかもしれない。大きくなりすぎて。

私は強く首を振ってそんな考えを頭から追い出そうとした。

大丈夫だ。二谷教授はああ見えても遺伝子にかけては権威のはず。いざ真剣に取り組めば、このゴライアスとやらを私の体内から取り除くことくらい、簡単にやってのけるに決まっている——多分。

私はアパートを後にすると、タクシーに乗って京大病院へと向かった。

病院では先回りしていた二谷教授がちゃんと手配していてくれたこともあって、何の手続きもなく外科病棟の個室に収まることが出来た。

といっても寝る暇はなく、血相を変えた医者の群れによって検査にかけられた。血を抜かれ、尿を取られ、レントゲンを撮られ、CTスキャンにかけられる。さんざん飲み食いしていたせいでバリウムを飲むのは免れたが、これも明日には避けられないだろう。

あちこち引き回されてぐったりして個室に戻ると、点滴。教授によると、睡眠中もこのままにしておいた方がいいという。寝返りで針がどうかなったりするのではないかという心配はあったが、朝起きたらミイラになってたなんてのは勘弁してもらいたい。教授の忠告に従うことに決めて、ベッドに入ったのは十時。不安の余り眠れないのではないかと思ったが、たまった疲労と鎮痛剤のおかげで、頭を枕に乗せるなり眠りに落ちた。

何かに頭をぶつけて目が覚めた。ベッドの頭側にあるパイプである。その一本が脳天に食い込まんばかりになっている。慌ててパイプを両手で握って身体を下げようとするが、うまくいかない。驚いたことに、足が下側でつかえているのだった。

身長が、ベッドと同じ長さになっている？

昔そんな落語を聞いたことがある。背を伸ばしたい男が願をかけると、「自分がなりたいと思う長さの布団に寝ろ」とお告げがあるのだが、夜を待てずについ座布団の上でうたたねをしてさらに小さくなってしまうという話だ。

しかし私の場合は、望んでもいないのにベッドの大きさになってしまったのだ。

その時、ぎちぎちと金属の軋む音がしてベッドが分解し、私は床へ投げ出された——

——と思ったところで目が覚めた。がばっと身を起こして確認するが、身長は眠ったときと変わっているようには見えない。ほっと胸をなで下ろす。

「……甘いな」

二谷教授の声が聞こえて振り向くと、窓框（まどかまち）に二谷教授に似た白衣の人形が置いてあるだけだった。カーテンの隙間から差し込む朝の光を背にしていて、顔ははっきりしない。

「……教授？　どこにいるんです？」

人形の口が動いた。「ベッドも部屋も、君に合わせて大きく作ったんだよ。スリッパも、吸い飲みも――」

「教授？　教授なんですか？　じゃあまさか――」

「ほら、見たまえ、これを！」

そう言って小さな二谷教授が紐を引くと、カーテンがさっと開いて、彼の身体がすっぽりと入ってしまいそうな巨大な尿瓶(しびん)がその姿を現した。

ということはつまり、私のアレが、だいたい人間大ということになり――

汗びっしょりになって目が覚めた――ような気がした。

私は慎重に身体を起こし、周囲を見回した。特におかしな点は見当たらない。

頬にそろそろと手を伸ばしてつねってみる。痛い。

「だまされんぞ」

呟(つぶや)いた途端(とたん)、女性の声が聞こえて驚いた。

「……お目覚めになったんですね」

ベッドからは死角になっていたドア脇の洗面所から、二谷久美子が色とりどりの花を生けた花瓶を持って姿を現したのだった。

「久美子さん――」

どうして、と言いかけて夢なのだと思い直した。

彼女は花瓶を窓際に置いてカーテンを大きく開けた。柔らかい陽光が部屋いっぱいに溢れる。

「心配だったものですから、どうしてもご様子を見ておきたくて、今日は会社、休むことにしました」

彼女は私の傍ら(かたわ)に立って、笑みを浮かべた。

「特にお変わりないようで、安心しました」

これが夢だとしたら、私は彼女のことを憎からず思っているということなのだろうかと考えた。

その時、ノックの音がして、返事をするまもなくドアが開けられた。

「失礼します」

ひょこっと顔を覗かせたのは、二谷教授の研究室の学生――確か、秋本美華と言った。手にはビニールに包まれた小さな花束を持っている。私と視線が合うと、嬉しそうに微笑んでぺこりと頭を下げた。

「ここに入院されたって聞いたもんですから――」

そう言いながら入ってくる途中、二谷久美子の存在に気がついて足を止めた。

「あら？　二谷先生の……お嬢さん？」

少しばつの悪そうな表情を浮かべ、私にとも久美子にとも取れる質問を発した。

「はい。ええと……？」

「あ、先生の研究室におります、秋本美華です」

「ああ、秋本さんね……どうも」

　二人はお互い視線をそらさないようにしながら頭を下げる。頭一つは高い美華を、久美子は当惑したように見上げる。

「……お邪魔、だったかしら？」と訊ねる美華に、私と久美子は同時に「とんでもない！」と声をあげていた。気のせいか、久美子の頬が赤らんでいるように見える。

「そう。ならよかった」

　美華は窓際に寄って久美子の生けた花瓶をちょっと見つめると、その脇に自分の持ってきた花束を置いた。

「昨日、入院したって話を聞いてたものだから、研究室に行く前にちょっと寄ってみてもいいかなって思ったんです。二谷先生を見つけ出して下さったお礼も言いたかったし――」

「お礼なんて……。仕事をしただけだから」

「だって、警察でも何の手がかりも見つけられなかったのに、たった数日で居場所を突き止めて助け出しちゃったわけでしょう？……正直言って、こんなに優秀な人だとは思ってもみませんでした。研究室のみんな、探偵さんにお礼がしたいって言ってました」

　見つけ出したのが偶然――おまけに脱出のときはどちらかというと私の方が教授に助けら

れていた——なんてことは彼女は知らないのだろう。彼女の賞賛のまなざしは、少々こそばゆかった。しかしあえて自分から恥を告白することもない。

彼女はちょっと首を傾げ、「もっとも、どうしてあのカンガルーに乗る必要があったのか、その辺はちょっと分からないんですけど」と付け加える。

「あ、いや、あれはだね——」

幸か不幸か、無意味な言い訳をする必要はなかった。またしてもノックの音がしたからだ。

「どうぞ」

溝口亮子だった。彼女は二人の先客を見つけると彼女達には挨拶もせずにこそこそと私のベッドに忍び寄り、耳打ちする。「探偵さん、意外ともてるんですね。先生が、若い女の方が喜ぶだろうってわざわざあたしをよこしてくれたのに……お邪魔でしたね」

「馬鹿。そんなんじゃない」思わず私も囁き返していた。

亮子はちらっと二人を振り向いてにんまりと笑いながら頭を下げる。久美子と美華は少し当惑した様子でそれに応えた。

亮子は今度はわざとらしく声を張り上げる。「あー、うちの先生が、あいつには花なんて無駄だから食べ物にしとけって。それでこれ持ってきました。出町(でまち)の豆大福。——別に、食事制限とか、ないんでしょ?」

そう言って菓子屋の袋を食事用のベッドテーブルに置く。

点滴は寝ている間中続けられていたようだが、腹は減っていた。確かに花よりもこちらの方がありがたいとは思ったが、今この場でがっつくのは気がひけ、軽く頷くにとどめておいた。

「ああ、ありがとう。——あ、いや、久美子さんも秋本さんもどうもありがとうございました。この通り、特に異常はないようですから、検査さえ無事に済めば退院できると思います。皆さん、お仕事があるでしょうからどうぞ心配しないでください」

そうは言っても、事情をすべて知っている久美子には無理な相談かもしれない。私の身体がこれから巨大化するかもしれず、ましてその原因が父親にあるとあっては。

「電話でも言ってましたけど、何の検査ですか？　骨折とかじゃないんですか？」と亮子。

美華をちらりと見ると、どうやら彼女も知らない様子。少し考えて、やはり黙っておくことに決めた。

「頭を打ったりもしたからね。脳内出血でもしてたら大変だから」

「そうですか……あ、そうそう。何か荷物が届いてたんで、一応立て替えときましたけど」

「立て替え？　何を」

「着払いの、荷物が来てたんです。大事なものみたいだったんで……」

「そうか……悪い。退院したらすぐに払うよ」

一体何の荷物だろうかと訝しみながらも、私は答えた。どのみちこれは夢かもしれないのだから、気にすることはない。

三人の女達は互いをちらちらと窺い、牽制しあっているように見えた。——彼女達は私に気があるとか？　いや、これが夢だとしたら私自身がこのようなハーレムを夢想しているということか？　そりゃまあそれぞれ多少魅力を感じないこともないが、できればもう少し年齢の近い大人の女の方が——

「駄目です！　ここは病院ですよ！」

看護婦の悲鳴のような叫びに続いて、ばたんとドアが勢いよく開けられたかと思うと、白い獣が飛び込んできた。女達はひいっという悲鳴をあげて飛びすさる。獣は一直線に私に向かってきたが、「サム！　お座り！」という声を聞くなり耳をひくひくっと動かしてその場で鎮座した。はあはあと湿っぽそうな息の漏れる口からはみでた舌は痙攣するように震えていて、命令さえ解ければすぐにでも私に飛び掛かって舐めまくるつもりのように見えた。ドアのところから声をかけたのはもちろん咲だった。彼女も飼犬の後を追いかけるように飛び込んできて、私のベッドに倒れこむように手を突いた。

「探偵さん、大丈夫？　死ぬの？」

大丈夫、と言いかけた言葉が喉に詰まった。

「……いや、多分まだ死なないと思うが」

開きっぱなしのドアから、若い看護婦がふらつきながら入ってくる。帽子がなくなっていて、髪も少しほつれぴんぴんと跳ねている。その後ろから「すみません、すみません」と言いながらついてくる咲の母親。二人ともすっかり息を切らしているようだった。

咲はそんなことには気づかない様子で、窓際に固まって避難している三人の女性をじろじろと眺め、「この人達、誰？　探偵さんの愛人？」と言った。三人とも一斉にぶるぶると首を振る。もし愛人だと誤解されたら犬をけしかけられるとでも思ったような、強い否定の仕方だった。

私は慌てて言った。「……いや。友達……かな」

「そう。ならいいけど。──今日はね、あたしが看病してあげる」

「看病？」

「そう。早くよくなってね、マチルダさん見つけて欲しいから」

助けを求めて亮子の方を見ると、彼女は妙な目配せをしながら「若い子たらしこむのが得意みたいですね」などと口にする。

「お願いですから早くこのケモノを外に出して下さい！」

ヒステリー寸前の看護婦がサムを指差して叫ぶ。サムは敵意を感じたのか、看護婦に向かって低くうなり始めた。

咲の母親はおろおろするばかりで役に立たない。

「すみません、すみません、すぐ出しますから。咲、来なさい、ご迷惑よ！　サム！　サム

・スペード！　ああ、もう！」

久美子、美華、亮子、少女とその母親――おまけに看護婦と巨大な白犬。明らかに私の病室は定員オーバーだった。しかも女が多すぎる。一度にこれほどの若い女達に囲まれたことなどこれまであっただろうか？

私は咲に訊ねた。「――サムはもちろん、オスだよな？」

咲は無情にも首を振る。

「ううん。メスなの。最近すっかりサカリがついちゃって」

お前もか、サム。見損なったぞ。

「サカリなんて言うんじゃありません！」と母親はサムの紐を引っ張りながら口を挟む。

「何で？　先生がそう言ってたのよ」

「先生が言っても、あなたは駄目！」

どこがハーレムだ。さっきまでの悪夢と何ら変わりないじゃないか。夢なら早く覚めてくれと願った。

「これは一体何の騒ぎだね？」

喧騒の間隙を突くように、男の声が聞こえてきた。二谷教授と医師達が廊下に立ちすくんで私の部屋のありさまを呆然と見つめている。

私はもう一度頬をつねってみたが、すぐに後悔した。目と耳を塞ぎ、シーツを頭から被ってもう一度眠るべきだったのだ。

結局、美華を一人残し、見舞い客は全員強制的に退去させられた。彼女が残されたのは、記憶力も事務能力も当てにならない二谷教授の助手的な役割が勤まると判断されたかららしい。

好物の豆大福はすぐに看護婦に見つかって取り上げられた。バリウムを飲まねばならないからだ。朝食ももちろん抜き。

検査に向かうため、ベッドから降りた途端立ち眩みがしてふらついた。慌てて美華が私の身体を支えてくれる。

「……すまない」

美華が私を訝しげな目で見上げていた。

「探偵さん……思ったより背が高かったんですね」

私ははっとして彼女を見直した。私は裸足にスリッパ、彼女はこの前と同じスニーカー。あの時私たちの背はほとんど同じくらいだったはずなのに、今彼女の目は確実に私の口よりも下にある。

「——私のせいじゃない」

私には、そう言って二谷教授を睨みつけることしかできなかった。

18

急遽その場で、身長、ＢＷＨ、頭回り、首回り、座高、ゆき丈、股下を計ることになった。

身長は、昨夜百七十六センチだったものが——考えてみればその時点ですでに一センチほど伸びていたようだ——百八十五センチに。手足の長さもそれに応じ、ほぼ同じ倍率で伸びている。体重は、昨夜六十六キロだったものが——これは最後に自分で計ったときに比べ五キロ以上増えていたのだが——何と八十九キロ。

「信じられない」

何度もそう呟いたのは、私ではなく計るのを手伝った京大病院の医師達。私は言葉もなく、ただ操り人形のように突っ立って手足を言われるままに動かしているだけだった。

美華は事情を知らぬまま、昨夜の数値の書き込まれたクリップボードに新しい数字を書きつけていきながら、困惑の表情を深めていった。

ひとしきり検査が終わり、ゴライアスの威力を目の当たりにしてついに沈黙してしまった医師達を前に、美華はとうとう我慢できなくなった様子で質問を発した。

「先生、これは一体……どういうことなんです？　昨日の数字に間違いがないのだとしたら、たった二十四時間でこの人は二十三キロも太って——ううん、大きくなってるってことになるんですよ？　まさか、これは……あのカンガルーと同じ——？」

「秋本君。君は間違っとるよ。二十四時間ではない。その数値は昨夜九時頃に計測したものだからな。だから……そう、十七時間といったところか」

二谷教授は自分の腕時計を確認しながらそう言ってのける。この男だけはどんな結果になろうとも動じることがないと見える。一度窓から突き落としてやろうか。

「じゃあ……じゃあやっぱり、この探偵さんは……。——でもどうして？」

「遺伝子だよ。君達の専門だろ」私の口調が皮肉っぽくなるのはどうしようもなかった。

「遺伝子？　あなたの……あなたの遺伝子を、誰かが組み替えたとでも？」

「そう。君の大事な先生が」

「先生？　二谷先生が、あなたの遺伝子を……？」

クールに見えた美華だったが、さすがに平静を失ったようだった。クリップボードが床に落ち、全身が震えだす。

「……嘘……嘘ですよね、先生……？」

「いや。本当だよ」

二谷教授はこともなげに答える。

美華は蒼白だった。まるで自分が巨大化すると言われたかのような驚き方だ。——しかし、よくよく回りを見てみると、他の医師達にしてもその深刻そうな顔つきはただごとではない。

「仕方なかったんだよ。彼はその時死にかけていてね。唯一生き残れるかもしれない可能性がこれだったんだ」

じわじわと、恐怖が足元から這いあがってくるようだった。

二谷教授の能天気さにはついていけないと思っていながら、これまでつい巻き込まれていたふしがある。さほど深刻なことではない、何とかなるはずだとどこか心の底で信じていたのだ。

美華はおぞましい物を見るような目つきになり、私から一歩後ずさった。

「秋本君。何を恐がってるのかね。君まで感染すると思ってるわけじゃあるまいね」と二谷教授。

「……そうじゃありません。そうじゃありませんけど、でも……」

彼女が恐れているのが、他でもない私自身だということに気づき、恐怖は倍加した。

映画に出てくる荒唐無稽なモンスターなど怖いと思ったことはないが、子供の頃から吸血鬼は怖かった。血を吸われると自分もその仲間になってしまうという怖さは、他のモンスターにはない嫌らしさがある。

今、私自身がモンスターになりつつあるのだ。遺伝子を改造された怪物に。

「じゃあ落ち着きたまえ。これから、身体機能に障害が出ていないかどうか調べねばならん。並行してゴライアスを無効化する研究も進めねばならんし——」

「ゴライ……何ですって？」

「ゴライナンデスではない。ゴライアスだ。私の作り出した新しいベクターだ。これを一旦無効化しなければ、彼の遺伝子を元に戻すことは恐らく不可能だ」

「元に戻すって簡単におっしゃいますけど……できるんですか？」

美華が疑わしそうな表情で問い質す。彼女には悪気はないのだろうが、最後の希望さえ打ち砕かれそうで私は耳を塞ぎたくなった。

「分からん。まずは、あの捕獲されたカンガルーで実験するつもりだ。今日にも動物園からうちの研究室に運ばれてくることになっている。そこでゴライアスを無効化するワクチンを早急に開発する必要があるだろう」

「研究室に、その……ゴライアスが、あるんですか？」

「いや、ない。ゴライアスは、私を誘拐した連中が全部持っていってしまった」

美華はさらにショックを受けた様子で、よろめいた。

「じゃあ……じゃあ……」

二谷教授は頷いた。

「そう。まず我々は、ゴライアスを作らねばならない」

私は口を挟む。「――もちろんそれは、簡単なことなんですよね？　何しろ作ったのは先生なんだし」

「――はて、どうかな」

「『はて、どうかな』ってあんた――」

「私と野村は新しいベクターを求めて、いくつかのDNAウイルスを試しているところだった。そのうち――確か単純性ヘルペスだったと思うのだが――その中に突然変異したと思われる見たこともないウイルスを発見したのだ。私たちはそれを培養し、ベクターとして有効だと分かった時点でとりあえずHTV（仮）と名づけた」

「何の略です？」私は聞かなくてもよいことを訊ねた。

二谷教授は真面目くさった顔で答える。

「ヘルペスが・突然変異した・ウイルス」

私は後悔した。

「……それで？」

怒りとも笑いともつかぬ震えを必死にこらえている様子の美華が、先を促す。

「うむ。それを使ってジャイアントマウスを作ったところ、予想以上の効果が現れ、HTV（仮）によって何らかの相乗効果が発生したらしいことが分かったのだ。その時点で私は正式名称をゴライアスと決定した。――いい名前だと思わんかね？」

全員、無言で首を振った。教授の言葉を否定したようにも、呆れ返ってものが言えないのだとも取れた。私はもちろん両方だった。

「……いずれにしても、私の身体を元に戻すのは、まずゴライアスをもう一度作り、そしてそれを無効化するワクチンを作り、さらにそれをカンガルーで試した後になるわけですね？」

「そう。その後で、ゴライアスか、あるいは別のベクターによって君の遺伝子を元に戻さねばならん」

私は二本の足で立っているのがやっとだった。ぎゅっと目を閉じ、歯を食いしばりながらさらに質問を続ける。

「一体それにはどれくらいの時間がかかるんです？」

「さあ。見当もつかんね」

半ば予想していた答えだった。

適切な治療が行われるまでに私の身体は一体どこまで大きくなってしまうのか——その質問はどうしても喉から外へ出ようとはしてくれなかった。

もちろん、教授の答は分かっていた。——分からない。そう答えるに決まっているのだ。

私は致命的な質問をする代わり、ここ数日でもっとも賢明と思われることをした。

意識を失ったのだ。

19

もしあれが悪夢の続きであったなら、私は今度こそ本当の現実に目覚めてもよいはずだった。しかし、残念ながら身体が大きくなり始めたのは夢ではなかった。

幸い――いや、本当に幸いかどうかは先にならないと分からないのだが――身体機能には深刻な異常は見られず、栄養失調になりつつあることが分かっただけだった。医師達の予想を超えて代謝が進んでいたということらしい。再び目覚めてからは、倍の点滴を受けながら、二時間おきの食事を摂らされることになった。おまけに身体を支える骨と筋力を失わないため、軽い運動も。

しかしその日の終わりには体重が百キロを越え、身長もさらに五センチほど伸びている始末。

明らかに体重の増え方の方が身長の伸び方より大きいことに気づいて、私は戦慄した。このまま小錦のような身体になるとすると、少々カルシウムを余計に取ったところで、いずれは自らの重みで圧死するのではないかと思ったのだ。

何とかする方法はないかと、たまたま二人だけのときに美華に訊ねてみると、意外な返事が返ってきた。

「――あたしもその点は疑問に思ったので、先生に訊ねてみましたが、単純な錯覚だと教えてもらいました」

「錯覚？　何が錯覚なんだ。現に私の体重は――」

「ちょっと待って、最後まで聴いて下さい。いいですか？　実際あなたの体形は、依然と比べて大きく変わってますか？　太ったような気がします？」

そう言われて身体を見回してみると、特に「太った」という気はしない。いわば相似形を保ったまま大きくなったような――

「相似形……？」私は呟きながら、プロテイン入りの牛乳をスポーツドリンク用の容器からちゅうちゅうと飲んだ。

「そうです！　相似形ですよ。あなたの身体を立方体のようなものとして考えてみればいいんです。一辺が一メートルの立方体だったものが、もし二倍の辺を持つ立方体になったとしたら――」

「体積は八倍になる」私は呆然と呟いていた。

「そうです。ですから、身長などの長さの増加率に比べて体重の増加率が多いのは当たり前のことなんです。実際あたしも計算してみましたが、体重の増加率は身長の増加率のほぼ三乗になっていました。あなたの体形が保たれていることの証明ですね」

私は少し考えて納得しかけたが、あることに気づいてさらにショックを受けた。

「ちょ、ちょっと待ってくれ。私の身体は——筋肉や骨は、それほどの体重の増加に耐えられるのか？　教授はジャイアントマウスが死んだのはカルシウムが不足したからだというような意味のことを言っていた。しかし、もし体重が長さの三乗で増加していくとしたら、骨や筋肉の太さはどうなる？」

「……太さは面積だから、多分二乗になるでしょうね」

「だろう？　もし身長が二倍になったとすると、骨や筋肉の断面積は四倍だ。それに比べ体重は八倍。骨組織や筋肉が同じ強度を保てたとしても、支えきれるのか？」

美華はそこまでは考えていなかったらしく、ごくりと唾を飲んで押し黙った。私の骨が砕け、自壊する光景を脳裏に浮かべたのかもしれなかった。

「その件については私も考えたよ」

唐突にドアを開けて入ってきた二谷教授が言った。ドアの外で立ち聞きして、タイミングよく現れたとしか思えない登場の仕方だった。

しばらく絶句した後、私は訊ねた。

「では何か対応策があるんですか？」

「……特にない。しかし、さほど心配する必要はないんだよ」

「実際に君はあのカンガルーに乗ったわけだろう？　おそらくあのカンガルーは長さで十倍以上の大きさになっている。元々三十センチ足らずだったからね。ちょうど成長期だったということも考えねばならんだろうが。十倍ということは、筋肉の断面が百倍なのに対し、体重は千倍。つまり、相対的に考えるなら、通常の大きさで体重だけが十倍になったものと考えればいい。十倍だ！　しかし、あのカンガルーを見て貧弱だと思ったかね？　動作が鈍いとは？」

「なぜです？」

「……いえ、そうは思いませんでしたが……」

「だろう！　つまり、ゴライアスによって徐々に巨大化していく間、筋肉や骨組織はその時々の大きさに応じて必要な強度になるということだ。必須アミノ酸やカルシウム、その他組織生成に必要な栄養分が欠乏しない限り。当然、君の食事と点滴はそれらのバランスを計算したものになっている。君は何一つ心配する必要はないんだよ。——身体が大きくなること以外はね」

果たしてどれほど信じていいものか判断がつかず、私は美華の顔を見やった。

彼女はそんな私の不信に気がついたのか、重々しく頷いて言った。

「前にも言ったかもしれませんけど、こう見えても先生は優秀な人なんですよ——こと学問に関しては」

「学問以外に、何が必要だと言うんだね？」

教授は本当に分からないといった様子で、美華に訊ねた。

美華はこの病室に来て以来おそらく初めて、私に笑顔を向けた。「ね？」

私は笑みを返した――多分、相当にぎこちないものだったと思うが。


ある意味では仕方のないことなのだが、私は基本的に病室を出ることも、関係者以外の人間と会うことも禁じられた。カンガルーの件は仕方ないとしても、私の身体がどんどん大きくなりつつあることは、まだ公にするのはまずいという病院側の判断だ。

どういう状況であったにせよ、治療目的以外でヒトの遺伝子を組み替え、怪物（そうは認めたくないが）を作り出してしまったことには変わりない。いずれその責めは二谷教授が負うことになるのだろうが、マスコミだの倫理委員会だのを相手にするのは、私が元に戻ってから――あるいはそれが不可能だと分かってから――でいいだろうということだ。

また、点滴や食事をひっきりなしにしながら運動も欠かせないとなれば、たとえ異常な大きさになっていなかったとしても、出歩いている余裕などない。

従って、その後の事件の成り行きについては三枝警部補との電話、そしてテレビや新聞を通じてしか知るすべはなかった。

ノアズ・アークの強制捜査によって、事件の主犯が野島興業の永井達郎という男だということはほぼ確実となったらしい。その男が、頓挫していたノアズ・アークの計画を中途から乗っ取って完成にこぎつけた男なのは、芳賀に教えてもらった通り。

しかし永井は十数人の従業員とともに行方をくらましており、残念ながら逮捕にはいたっていない。

そしてマチルダも。

咲の友達。とっても素敵なカンガルー。

彼女を見つけ出さない限り、私のもう一つの依頼は完了しない。

マチルダの息子——仮にジュニアとでも呼んでおくことにしよう——の出現した地点を警察は聞き込みによってだいぶ絞りこんだしたらしい。左京区の北部、鞍馬山の方角。分かったのはそこまでだ。ノアズ・アーク以外に連中の第二のアジトがその辺りにある可能性を考え、現在もローラー作戦が行われているようだが、いまだそれ以上の手がかりは掴んでいないとのこと。騒ぎの前に怪しいヴァンを見たという情報もあり、全然別のところからジュニアを運んできて解き放ったという可能性も捨てきれない。だとすれば鞍馬周辺にローラーをかけるのはまったくの徒労ということになる。

ノアズ・アークの残った従業員達の事情聴取も続けられているが、何しろ数が多いのでなかなかはかどらない。どうやら残った従業員は陰謀とはまったく関りがなかったらしく、ただ呆然としているばかりだとか。営業は現在停止しているものの、扱っているものが動物だけに、ボランティアのような形で従業員が交替で出勤し、動物達の面倒を見ているという。居抜きで買い取ろうという業者でも現れない限り、最悪動物達は薬殺、従業員は全員失業して路頭に迷うということになりかねない。それを何とか避けられないかと従業員と一部の市民による署名運動まですでに行われているそうだ。自治体と地元の企業の協力でなんとか存続させることができないかということだが、京都にはすでに市立動物園が存在することや、動物園など今の時流に反するという、動物愛護団体からの意見もあってなかなか難しいようだ。怪しい動物実験を行っていたらしいという評判も、早く焼き払ってしまえというヒステリックな意見を産む始末。この様子では、何もされていない動物にしても、引き取り手は現れないかもしれない。

そして、十一月の五日には、私の身長は二メートル三十になっていた。恐怖はもはやなかった。ずっと夢の中にいるような感じだった。どうしても破ることのできない夢のあぶくのようなものが私をくるんでいる。そんな感じだった。私はただ医師達の指示通り食事を摂り、運動を続けた。

しかしもはやベッドも小さすぎるし、今にも天井に頭がつきそうだ。このままではドアから出ることも難しくなるのではと、部屋を移ることになった。

部屋――いや、私が新しく寝ることになった場所は、とても部屋と呼べるものではなかった。

五日から六日に変わろうとする深夜、毛布を身体に巻き付けた私は病院から連れ出され、数百メートル北にある京大の体育館に人目を忍ぶように連れ込まれた。身を屈めながら奥へ入っていくと、普段はバスケットボールコートとして使われているらしい一角に、巨大な布団のようなものが敷かれている。よく見ると、体操用のマットを敷き詰めたものの上にシーツがかけてある。

私は目をぎゅっと閉じ、五秒数えてから開いた。目の前の光景には何の変わりもなかった。

「……私にあそこで寝ろと？」

「だって仕方がないだろう！　もう君が身体を伸ばして眠れるようなベッドはないんだし、まだこの先どこまで大きくなるか分からないんだからね」

私は暗然たる思いでその急ごしらえの〝ベッド〟を眺めた。縦はおそらく五メートルはありそうだ。余裕を持って作ったのだろうが、私にしてみれば抵抗があった。あそこに寝れば私はあの大きさになる――そんな気がして仕方がなかったのだ。

「……ゴライアスは、まだ完成しないんですか」

私はもう何度目かも分からない質問を教授達にぶつけた。

「鋭意、努力しているが、まだだな。――もうこうなったら、覚悟を決めたらどうかね？　すべての細胞で組み替えが完了すれば、ゴライアスは消滅する。その段階で新たに組み替えを行えばいいのではないかな？」

私にしてみれば遺伝子がどんどん組み替えられていくのは〝汚染〟としか言いようがない。それが全身の細胞に行き渡る——おそらく、脳さえも。

「……その時私はどんな大きさになっているんです？」

「さあな。いずれにしてもこの体育館なら、何とかなるだろう」

半ばワクチン療法を諦めたがゆえの〝転居〟だったのかもしれないと勘繰った。

「ジュニアは……ジュニアはどんな大きさになってますか？」

「おお！　あれは捕獲されたときとほとんど変わってない。あれが最大時の大きさだったらしいな。ワクチンの必要はないだろう。ゴライアスが完成すれば、すぐにでも遺伝子を元に戻す実験を行う予定だ」

私の最大時の大きさ——。それは果たしてどれくらいのものなのか？

それが判ったのは十一月九日水曜日のことだった。

そしてその日、マチルダも見つかった。

探すまでもなく。

20

十一月六日の夜の計測では、私の身長は四メートル二十に達していた。三メートルを越えたとき、もう人間ではないとぼんやり思った。アンドレ・ザ・ジャイアントでもそんなに大きくはなかったはずだ。ギネスに申請すれば載せてくれるのだろうか。一種のドーピングだから認められないかもしれない。

七日の夜には六メートルを越えた。体育館の中にいる分には立ち上がることもできるし、運動することもできたのだが、通常の方法ではもう外に出られない。

そして、八日の昼に、頭が天井に届くようになったので、計るまでもなく大台に乗ったことが判った。――十メートルである。

この時初めて私は、死んでしまいたい、そう強く願った。

こんなことなら、死んだ方がましだった。

恐怖はもう通り越していた。死にたいほどの気持ちになったのは、孤独のせいだった。底無しの孤独。

宇宙船・地球号から放り出され、漆黒の闇の中を漂いながら遠ざかってゆくようだった。一分一秒毎に、私の身体は人類から——ホモ・サピエンスからかけ離れてゆく。

運動などする気も起きなかった。バスケットコート一杯に敷き詰めたマットレスの上に横たわり、眠るでもなく目を閉じていた。何を見ても自分の巨大さを思い知らされる。私が死んでしまえば、何人もの人の苦労が減るのだと思った。私はお荷物なのだ。巨大なお荷物。

九日の朝、外からかすかなざわめきが聞こえてくるのに気づいて耳をそばだてた。言葉は分からないが、たくさんの人間が押し問答をしているような感じだった。そういえば、いつもなら最低限三十分に一度は見回りに来て計器や点滴のチェックをしていく医師や助手が、この数時間まったく姿を見せていないが、そのことと何か関係があるのだろうかと考えながら息を潜めていた。

やがて怒鳴り声や乱れた足音、何かが激しくぶつかり合うような物音に続いて、体育館の扉が破城槌で破られたかのように勢いよく開いた。

背中を向けた白衣の医師達を押しのけるようにして、ビデオカメラやマイクを持った男女がなだれ込んでくる。その数ざっと二十人ばかり。後ろの連中に押されたのか、私が横たわっているマットのあたりまで来て、ひいっと声にならない悲鳴をあげて尻餅をつく者もいた。

マスコミがようやく嗅ぎつけたらしいな、と私は他人事のように思った。身を隠して逃げ回るべきなのかもしれないが、そんな気にはなれなかったし、どのみち隠れる場所も思い当たらなかった。

しかし、何があると思って踏み込んできたのか知らないが、今の私を見て冷静に職務を果たせる者は一人もいなかった。皆、シャッターを切ることも忘れてただあんぐりと口を開き、私を見上げるばかり。――そう、寝転んでいてさえ、彼らは私の顔を見るためには見上げる必要があった。

私はよっこいしょと身を起こし、あぐらをかいて座った。身に着けているのは、小中学校の運動会で使うテントを縫いあわせて作った貫頭衣のようなものだけ。ところどころに学校名が読み取れるのがちょっとお洒落に見えないこともない。腰のところには綱引きの綱をベルト代わりに巻いている。

「たまには京都もいいかなと思ってね」

私は飛び切りのジョークを口にしたが、誰一人くすりとも笑わなかった。ハイブロウ過ぎたろうかと思って少しフォローを加える。

「――奈良からお忍びで来たんだけど」

駄目だった。彼らには決定的にユーモアのセンスが欠けているようだった。マスコミ人種では仕方のないことかもしれないと思った。

一人の女がヒステリックに悲鳴をあげ始め、口から泡を吹いて失神した。同僚らしき男が慌てて抱き起こすが、どうしていいか分からない様子。医師達の一人が歩み寄り、ちょっと様子を見てから数人に指示を出し、体育館から運び出していった。

その騒ぎのおかげで我に返ったのか、一人のレポーターらしき女性が恐る恐る前に進み出て私の方へ精一杯マイクを突き出した。

「これは……これは一体、どういうことなんですか？」

「――見ての通りです」言いながら私が大きく腕を広げたので、全員頭を押さえて身を屈めたりのけぞったりしている。「あ、失礼」

カメラマン達は驚きから立ち直ると慌てて散らばり、色んな角度からシャッターを切り始める。ビデオカメラも回り出したようだ。

扉の向こうから悠然と二谷教授が現れ、私と報道陣の間に立ち塞がるように割って入る。

「皆さん、ご静粛に！　今回のことは、すべて私の責任なのです！　ご質問は私にどうぞ！」

巨人を相手にするよりも二谷教授の方がいいと思ったのだろう、私などそこに存在しないかのように、レポーター達は彼をわっと取り囲み質問を浴びせかける。

「あれは一体、なんですか？」「あれをどう説明されますか？」「あれはあなたが作ったんですか？」

誰も私が、ジュニアに乗って街を駆け巡った探偵であることにも気づいていない様子だった。あの時と今では大きさが違いすぎるから、仕方がないのかもしれなかったが、〝あれ〟呼ばわりはないのではないかと思った。

教授は嬉しそうに、質問の一つ一つに答えていく。ゴライアスを作った経緯に始まり、誘拐されたこと、そして瀕死(ひんし)で運ばれてきた私を救うためゴライアスを注射してしまったこと、現在必死に私を元に戻すための研究をしていること——。

今日の夕刊は、私の写真が一面を飾るのだろうか、ワイドショーの主役は私だろうかとぼんやり思った。カンガルーロデオの件は学問的には世界を揺るがす事件だったが、ワイドショーなどでの取り扱いは微々たるものだった。ちょっとした〝珍事〟といったところか。しかしさすがに人間がこんな大きさになってしまったとなると、あの程度の騒ぎでは済むまい。

誰かの携帯電話が鳴ったかと思うと、あちらこちらでポケベルだの電話だのが騒ぎ始める。すると、連中の様子がおかしくなった。「そんな馬鹿な」とか「こっちだって大変なんだ」とか言い争っている。しかし結局、どこか一社の連中が走り出したかと思うと、ほとんど全員が我先に体育館から走り出ようとする。

「ちょっと待ってくれ!　何があったんだ?」私は彼らの後ろから声をかけた。思った以上にでかい声だったらしく、体育館全体がびりびりと振動し、レポーター達は耳を押さえて頭を抱え込んだ。

「……すまない。脅かすつもりじゃなかった。——一体、何があったか教えてくれてもいいだろう？　喋る大仏よりでかい事件って一体何だ？」

彼らは顔を見合わせた後で、一番年長らしい一人が代表して答えた。

「体長十六メートルのカンガルーが、街で暴れてるそうだ。さっきまでならくだらん冗談だと思うところだが……どうも本当らしい」

そして彼らは潮が引くように姿を消した。

十六メートル——。

二谷教授が、気晴らしにと持ってきてくれていたテレビのスイッチを入れた。二十九インチとそこそこの大きさはあるものの、直接床置きにされていて、今の私にとっては見にくいことこのうえないし、リモコンもとても扱えず、これまではほとんど見ていなかった。ボタンを押すことができないのだ。

教授がチャンネルを地元京都テレビに合わせると、異様な光景が映った。烏丸通りらしきビルの谷間の真ん中で巨大なカンガルーが立ち尽くしているのを、ヘリから撮影したものだ。道路には打ち捨てられた様子の車が何台か思い思いの方向を向いて止っている他は、人影は見えない。とっくに避難したのだろう。

マチルダ——こんな形で見つかることになるとは。

京都には厳しい高さ制限が設けられており、そのせいで中心部のビルも、さほどの高さはない。それだけに、ビルの五階か六階分はありそうな巨大なカンガルーの姿は怪物というよりもはや怪獣としか言いようがなかった。半ば予想していたこととはいえ、その姿には胸を締め付けられる。

マチルダはカメラの方を苛立たしそうに見上げ、口を大きく開けた。地鳴りのような咆哮(ほうこう)が、轟(とどろ)き渡(わた)る。太い尻尾を左右に振り回すと、それに触れた数台の車がおもちゃのように吹き飛び、ビルに激突した。

『信じられません！　こんな……こんなことがあっていいんでしょうか！　カ、カンガルーが……カンガルーが……』

レポーターはしばしば絶句し、何一つ実のある情報を伝えることができない。しかし、言葉など不要だった。

マチルダは再び吠えた。草食動物のものとも思えぬ、狂暴な咆哮だった。

しかし私はそこに、深い絶望のような声を聞き取った。私自身と同じ絶望。

カメラはマチルダを正面から捉えようと、少し高度を下げながら回りこんでいく。

近すぎる――そう思った瞬間だった。画面に向かってマチルダの顔が急に近づいたかと思うと、ががっと金属のひしゃげる音とテープノイズ、そして『あっ』という短い叫びを最後に画像はブラックアウトした。

次の瞬間、トラックでも突っ込んだかと思うような衝撃が私たちのいる体育館を震わせる。

「地震か？」二谷教授が天井を見上げ、呟く。

すぐにスタジオにカメラが切り替わるが、座っている男性キャスターはそのことに気がついていない様子でしばらく呆然とあらぬ方を眺めている。

『……あ……失礼しました。えー……ただいまヘリからの映像が途絶えていますが……えー……事故……でなければいいんですが……山下さん？　山下さん？』

キャスターは今にも泣き出しそうな顔で、レポーターを呼び続ける。二谷教授はリモコンを向け、チャンネルを切り替えていった。ＮＨＫに替えると、ビルの壁が大きく破壊され、黒煙をあげている様子が映し出されている。ヘリの尾部らしきものが覗いていることから、そこに墜落したらしいと想像がついた。

今度は、地上からの手持ちカメラによる中継のようだった。烏丸通りのずっと北の方から、真っ直ぐ南を超望遠で捉えている。

『カ……カンガルーが！　カンガルーが、テレビ局の取材ヘリを叩き落としました！　恐るべきジャンプ力です！　しかも……ご覧ください。カンガルーは、カンガルーは……』

カメラがパンすると、通り一杯にもうもうと砂埃が舞っている。

巨大なヘビのようなものがのたうっていた。

尻尾だった。埃が少しずつ鎮まるに従って、マチルダが道路に陥没したような状態になっているのが見えてきた。

地下鉄だ。烏丸通りに沿って南北に走る地下鉄。その地下鉄の天井を突き破り、身動きできないような状態になってしまっているのだった。さっきの地震は、マチルダの巨体が着地したときのものに違いない。鴨川を挟んで数キロは離れているというのに、この様子では京都市全域にあの揺れは伝わったに違いない。

怒りと、苦痛と、悲しみに彩られた叫びが空を向いたマチルダの口から発せられ、長く尾を引いて通りに反響した。

巨体がもがくと、びりびりと画面全体が揺れる。震動が、カメラマンの立っている地面を震わせているのだ。

ビルのガラスが割れ、破片が雨のように降るのが見える。アスファルトに亀裂が走り、陥没してゆく。マチルダという楔によって地球全体が二つに割れていくような、そんな光景だった。

『ただいま緊急避難命令が知事より出されました！　上京区、中京区、下京区、左京区、東山区の住民の方は、至急徒歩で、緊急避難場所に向かって下さい。決して車を使用しないように。繰り返します、ただいま緊急避難命令が――』

緊急避難場所――。地震や火事なら、広い場所に避難して集まるのもいいだろう。しかし果たしてこの場合有効だろうかと疑問に思った。わざわざマチルダに踏み潰されに行くようなものではないだろうか。もちろん、家の中にいたってとても安全とは程遠い。しかし危険を冒してわざわざ向かう価値があるとは思えない。この想像もし得なかった事態に、役人達は既成のマニュアルに従って動くことしかできないのだろう。

『しかし一番必要なのは、自衛隊ではないでしょうか！　一刻も早い出動要請が望まれます』

確かに、この状態で役に立つ可能性があるのは、自衛隊だけだろう。――しかし、自衛隊にしたところで一体何ができるだろう？　戦車ではとても間に合わないし、だいいちマチルダのスピードについていけないだろう。対抗できるものがあるとしたら戦闘機だが、街中でミサイルをぶっぱなすには相当思い切った決断が必要だろう。

VTRに切り替わり、ビルの谷間にたたずむマチルダの姿になった。頭上を飛ぶヘリコプターを目で追いかけ、首をひょこひょこと動かしている。ヘリはビルよりも高く飛んでいるのに対し、マチルダは低いビルの半分くらいの身長しかない。安全な距離のように見えた。マチルダがいらだたしげに吠え、次の瞬間彼女の体は空中にあった。蝿でも落とすみたいにヘリをビルに叩きつける。着地と同時に画面は乱れ、真っ白に変わる。一瞬のことだった。テレビは再びその決定的瞬間だけをスローモーションで再生する。少し身を沈めたマチルダが後ろ足と尻尾で跳び上がり、前足を猫のように伸ばしてヘリの脚部をひっかけたのが分かった。

あの巨体にしては恐るべきスピードと跳躍力だ。

その体が再び着地したとき、画面は激しく揺れ、ぶれと土埃で何も見えなくなる。もう一度あの地震のような揺れが襲うのではないかと身構えたほどの迫力だった。

私はいてもたってもいられなくて、勢いよく立ち上がった。天井に頭を思い切りぶつけ、鉄骨の梁がゴーンと低い音を立ててへこんだ。

「何をしてる？」

頭を押さえて苦しんでいる私に向かって、教授は呆れた様子で訊ねる。

「……何って……このまま……見てるわけにもいかないでしょう」私は呻きをこらえながら言った。

「見てるわけにいかないって……？」

「このままじゃ私たちの街がどんどん破壊されます。それに――」

そうではなかった。私の本当の心配はそんなことではなかった。〝私たちの街〟？ そんな気持ちは毛筋ほども持てなかった。あれは「かつて私の街だったもの」に過ぎない。破壊されようが、焼き払われようが、何の感慨も今は持てない。

私が心配していたのは、マチルダのことだけだった。このままではマチルダが殺される。ミサイルか、大砲か、それとも爆弾かは分からないが、確実に殺される。どれほどの悪あがきをするかは予想もつかないが、最後には殺されるのは間違いない。彼女には勝ち目はないのだ。

私と同様、彼女は被害者にすぎない。

彼女が感じているだろう戸惑い、怒り、孤独——それを分かってやれるのは私しかいなかった。この地球上で私しか。

「しかし、君はここから出られんぞ。匍匐前進したってこの扉はくぐれん！」教授は両手を振り回して体育館の入り口を示した。

「こうすればいいじゃないですか」

私は頭をぶつけないよう慎重に立ち上がり、体育館の壁に踵で素早い蹴りを入れた。素足がずぼっと向こう側へ突き抜ける。障子を破るようなものだった。何度か周囲を蹴破って大きな穴を空けると、最後はそこから這い出た。

　裏手に当たるため、報道陣はもちろん、人っ子一人いない。すっくと立ち上がって思い切り両腕を伸ばすと、眩しい朝日が目に入った。太陽の光に当たるのは一体何日ぶりだろう。肺一杯に空気を吸い込むと、きんと冴え渡った冬の匂いがした。

自然はまだ、私を見放してはいない。そんな気がした。太陽の光は平等に降り注ぐ——私のような怪物にさえも。

物音を聞きつけたのか、残っていたマスコミ連中が建物を回り込んで裏手に走ってきた。マチルダの方が当面の大事件ではあるものの、私とも無関係でないことを見抜き、居残っていた連中だろう。バシャバシャとシャッターを切る音。

「すまないが、道を空けてくれ。怪我しても知らんぞ」

「どこに行くんですかー！」叫ぶような調子の質問が足元から飛んでくる。

「友達のところさ。——ずっと会えなかった友達を見つけたんだ」

21

うかつに歩くとコンクリートを傷めるだけでなく、周囲にいる人々に迷惑をかけかねない。そっと足を下ろすコツはすでに体育館の中で学んでいたつもりだったが、それでも気を使いながらそろそろと歩いた。

「あのカンガルーも、遺伝子操作によって巨大化したものなんですね?」下方からそんな声が飛んでくる。

「多分ね」私は質問者の顔も見ずに答え、そっと歩を進めて体育館前の大通り——東山通りへと出た。

南向きの車線には一台の車もなく、北向きには空の車が何台も放り出されている。そして時折強引に車線をはみ出して北へ逃げる車の姿も。私は慎重に車をよけ、南へ向かって歩き出した。

後ろから報道陣が車でゆっくり追ってくるのに気づき、足手まといになるのではと思ったが、無理に止めることもないだろうと結論した。もちろん勝手についてくる以上、危ない目にあったとしても、私が助けてやる義理もない。

かねてから、無神経な電柱、電線が京都の美観を損ねているのは意識していたが、今はそれがちょうど顎のあたりに来るので、そのたびに身を屈めてくぐらねばならない。いっそまとめて引き倒してやろうかという気持ちを抑えるのに苦労した。

しかし、予想していたことではあるが、十メートルの高みから見る街は私の知っている街ではなかった。馴染み深い場所が見えるたびにその記憶とのずれが、私の違和感をつのらせる。まるで異次元だ。

丸太町通りとの交差点を右へ――つまり西へ――折れた。角の喫茶店からジャージ姿で飛び出してきた老人が、呆然と私を見上げている。私は安心させるような言葉を言おうかと口を開いたが、やめた。何を言ったところで仕方がない。

彼らにとっては私とマチルダこそが怪物だ。当然だろう。私もこれまでそんなふうに感じていた。しかし、マチルダにしてみれば街が縮んだとしか思えないだろう。私だってそう考えてなぜ悪い？　大きさなどというのは相対的なものだ。何が標準でなければならないということもないはずだ。有名な指揮者はかつてこう言った――「大きいことはいいことだ」と。

大きいことはいいことだ。大きいことはいいことだ。

心の中で何度か呟くと、ほんの少し気が軽くなるのを覚えた。

寒さは、感じなかった。むしろ暑いくらいだ。布切れ一枚を身に着けているだけなのに、十一月とも思えない暑さだった。――それともこれは、ゴライアスのせいなのか？

鴨川の手前で少し立ち止まった。橋が持ちこたえるかどうか、自信がなかったのだ。私の体重は十トンを超えているはずだ。しかし同じくらいの重さのトラックが年がら年中走っても大丈夫なように作ってあるのだ。これまで通り歩けば大丈夫だろうと、そっと足を踏み出した。橋がぐうっと沈むような感触があったが、何とか持ちこたえているようだった。

橋の上はひんやりとした風が吹き抜けており、汗ばんだ身体に心地好い。これまで以上に慎重に足を進める。

鴨川を渡ると、低い家並みの向こうに京都御所の緑が見えてくる。御所をこんな角度から眺めたことなどなかったから、思わず驚いて立ち止まった。そして再び歩きだそうとしたとき、マチルダが御所の中で立ちあがるのが見えた。
口から常緑樹の枝を何本もはみださせている。御所の樹木を食べていたらしい。灰色の毛並みは土埃でますます白くなり、所々アスファルトのかけららしき黒いゴミがまとわりついている。その頭上、百メートルほど上のところでは三機のヘリが爆音を轟かせながらホバリングしているが、マチルダは気にしていないようだ。

私にも気づいていない様子で、再び四つんばいになって樹を食み始める。

私はそっと歩き続け、河原町を越え、御所にたどり着いた。足を軽く上げて白い塀をまたぎ、神聖な土地に足を踏みいれる。

そっと近づいたつもりだったが、敷き詰めた砂利を踏むとさすがのマチルダも気がついて、きっ、と身を起こした。

その巨大さに改めて足がすくむ。四つんばいになっているとその背中は私の胸くらいまでしかないのだが、すっくと後ろ足で立つと、その前足が私の顔の位置だ。襲われたらひとたまりもない。

「マチルダ——いい子だ、マチルダ。そのままおとなしくしてろ」

私は呼び掛けながら摺り足でさらに前へ進んだが、マチルダは歯茎を見せながら低く唸った。警戒している。

「怖がらなくていい。……私はお前の友達に頼まれてここに来たんだ。知ってるだろう？　咲って女の子だ」

彼女の名前を覚えている可能性を考えて「咲」はゆっくり、明瞭に発音したが、反応は変わらなかった。

「咲がお前のことを心配してたぞ。——そうそう、ジュニア……お前の息子もだ。だから心配しないで——」

マチルダが吠えた。音というよりも、低音の衝撃波が、全身をびりびりと襲い、私は思わず手を前に出して顔をかばうような姿勢を取っていた。

駄目だ。とても言葉での説得に応じるような状態じゃない——当たり前か。

相手が元々ただの獣だという基本的なことさえ忘れかけていた。同じ境遇にいる私なら、何とかできるのではないかと錯覚していた。そんなことできるわけがない。ただでさえ動物とは相性の悪い私に一体何ができるというんだ？

理解できない状況に放り込まれ、ただでさえ彼女は脅えているに違いない。自分の身体がどんどん大きくなったかと思うと――あるいはやはり、周囲が縮んでいると思っているかもしれない――仲間とも息子とも引き離され、満足な餌もない妙なところへ放り出された。心細くないわけがない。

これ以上の孤独があるだろうか？　彼女の乏しい頭脳でも、世界と自分との関りがすっかり変わってしまったことには気づいているに違いない。自分が自然の摂理から外れていることに。

「頼むからおとなしくしてくれ。でないと――」

マチルダは視界からかき消すように消えた。

驚いて左右を見回していると、背後から激しい振動と地響きが伝わってくる。振り向くと、マチルダは私を飛び越え、丸太町通りに出ていた。着地の衝撃で、アスファルトは大きくへこみ、後ろ足を中心に放射状のひび割れが広がっている。私を追ってきていたマスコミの車のうち、一台のワゴンが横倒しになっていた。記者達が悲鳴を挙げながら物陰に隠れようと散りぢりに走っているのが見える。マチルダはそんなことは一向に構わず、ぴょんぴょんと器用に電線を飛び越えながら鴨川へ向かった。電線が危険だということは、すでにどこかで身を以て知ったのかもしれない。

「待て！」

声をかけるのと、マチルダが丸太町橋の上に着地するのが同時だった。

彼女も烏丸通りで陥没した経験からか、ある程度気を使ってジャンプしていたのには違いないが、細い——少なくとも我々にとっては——橋はひとたまりもなかった。

爆弾が落ちたかと思うような轟音を立てて橋は粉々に砕け、マチルダは横ざまに川の中へ転落して盛大な水しぶきを上げる。橋の上を通っていた電線がマチルダの巨体によって引きずられ、何本もの電柱が折れてだらりと垂れ下がり、あちこちで青や赤のスパークが閃いた。

浅い川床に落ちたマチルダが、水の上でのたうちまわりながら、長い長い悲鳴をあげる。マチルダ自身が火花で包まれているようなことはなかった。骨格がすけて見えることもなし。ビリビリという効果音もなし。感電していると分かるのは、その身体の痙攣と、つんと鼻を突く異臭だけだった。

私が慌てて川べりにたどり着いた時には、その痙攣も治まっていた。送電自体が止まったか、それともマチルダが死んだのか。

「……マチルダ……！」

私はそっと土手に降り、彼女の身体を見下ろしながら呼びかけた。水の中に入る勇気はなかった。

一分近くも見つめていたが、ぴくりとも動かない。

こんなにもあっけない最期を迎えるとは——そう思ったとき、彼女が弱々しくこちらを見上げ、くうん、と鳴いた。

生きている。そしてどうやら、送電も止っているようだ。

このまま彼女が死んでいれば、いろんなことが解決したはずなのだが、安堵の気持ちの方が大きかった。

私は川の中に入ってマチルダに近づき、助け起こしてやるつもりで右手を伸ばした。

次の瞬間、かっと開かれた彼女の顎が、私の手をくわえこんでいた。

「痛い痛い痛い！　放せ！」

激痛が脳天まで突き抜ける。骨が砕けるかと思うような痛みだった。

彼女は私の手をくわえたままゆらりと立ち上がったので、私は吊り上げられるような格好になる。

と、腹に重たい衝撃が来て私は後ろへふっとんでいた。土手の石垣に背中から激突し、息が止まる。

マチルダは尻尾を支えに器用に後ろ足を上げ、腹に強烈な蹴りを入れたのだった。

嚙みちぎられたかと思うほどの痛みを訴えている右手は、血と唾液にまみれ、ぬるぬるとぬめっている。

「くそ！　何て物分かりの悪い奴だ！」

もはや戦うしか道は残されていないのかもしれない。彼女にとっては何もかもが敵なのだ。マチルダを——そしてこの街を守ろうと思うのなら、彼女をこの手で叩きのめすしか方法はないのかもしれない。

しかし、そんなことが私にできるだろうか？

マチルダが川から上がり、土手に倒れたままの私の前に立ち塞がった。

「マチルダさん、やめて！」

かすかな幻聴が聞こえた。遠い昔に知っていた誰かの声だ。

「マチルダさん！」

耳元で——私がもたれている石垣の上の道で、自転車に乗った少女が叫んでいた。その傍らには真っ白な犬。サムだ。マチルダを見て怯えている様子だが、果敢にも少女を守ろうとするように間に立ってわんわんと吠えている。

「やあ」私はやっとの思いで言った。「——今度こそ、マチルダなんだな？　これが君の探してた、マチルダなんだな？」

「そうよ！　……マチルダさん、お願いだからひどいことしないで！」

咲は泣きながら訴えたが、マチルダの耳に届いたとは思えなかった。彼女の声は余りにも小さかった。

しかしマチルダはその小さな生き物に興味を抱いた様子で、鼻先を土手に近づけ、くんくんと匂いを嗅ぐ。

「あたしよマチルダさん！　覚えてるでしょ？　あ・た・し！」

友達というのもあながちただの思い込みではなかったのかと思ったとき、パン、パン、パンと何かの弾ける音がして、マチルダは振り向いた。

川向こうの川端通りに終結した警官隊が、マチルダに向かってライフルを発射したようだった。それが麻酔銃だったのか象撃ち用の弾だったのかは知らない。いずれにしろそれらは彼女を怒らせる以外何の効果も発揮しなかった。

「やめろ！　撃つな！」

マチルダは苛立たしげな様子を見せたかと思うと跳躍し、川端通りに着地する。私の位置からは、二、三人、警官を踏み潰したようにも見えた。踏まれなかった連中も、衝撃で倒れ、あるいは吹き飛んでいる。

「マチルダさん、やめて！」

咲の叫びが届いたかどうかは分からない。しかしマチルダは動きを止め、警官たちを威嚇するように唸った後、向きを変えて走り始めた――南へ。

「お願い、探偵さん！　マチルダさんを助けてあげて！　お金なら払うから」

自分自身さえ助けられない人間がどうすればマチルダを助けられるのか分からなかったが、私はまたしても安請け合いをした。

「大丈夫。だから早くうちに帰りなさい。こんなところに来たら危ないだろう」

「約束よ！　絶対約束よ！」

「——ああ。約束する」

22

鈍い痛みの残る腹を押さえながら、私はマチルダの後を追った。気を使いながら道路を走るより、川を選ぶことにした。冷たい水も気持ちがいい。胸よりも高い橋を乗り越えるのは大変だったので、電線と同じように下をくぐることにする。

マチルダは全長こそ私より大きかったものの、通常の姿勢では電線よりも下回ることになり、さして苦労することなく川端通りを弾丸のように疾駆している。その差はみるみると開いていった。

重過ぎる肉体を急激に動かしたからだろう、早くも筋肉のあちこちが悲鳴を上げ始めていたし、息も荒い。

マチルダもその異常な体重については同じはずだ。すでにさんざん暴れていることもあるし、どこかでその体力が尽きることを願うしかなかった。

警察やテレビ局のヘリがずっと追いかけてきているのは分かっていたが、それらとは別の爆音が近づいてくるのに気がつき、私は立ち止まって振り向いた。

自衛隊の、輸送用大型ヘリだ。正式に出動要請が出たのだとすれば、中には重火器を持った隊員達が乗っているのかもしれない。あるいはとりあえず偵察に来たのかも。ヘリは私を追い越し、マチルダ目指して前方へ飛び去っていった。

もしバズーカのようなものを撃たれたら、あいつは死ぬだろうか？　対戦車用の兵器を使われたら？

恐らく、死ぬだろう。しかしあの巨体を、一発で仕留めることができるとはとても思えなかった。猛獣狩りと同じだ。当たり所がよければ倒せるが、もし万が一怪我をさせるだけに終わったら——。手負いの獣が街で暴れ狂うことになるだろう。彼女が出血多量で死ぬ前に、この街はどんな惨状を呈することになるか。

私は死に物狂いで足を動かし、ヘリの後を追う。むざむざと殺させるわけにはいかなかった。

暑い。身体が火照(ほて)って、意識をしっかり保っていないと気が遠くなりそうだった。炎天下の中マラソンをしているような、そんな疲労と熱気が私を包んでいた。十一月だってのに、どうしてこんなに暑いんだ？

だらだらと流れる汗を拭(ぬぐ)い、私は水を蹴って走り続けた。

前方上空で輸送用ヘリがホバリングしているのが見えた。マチルダがその下にいるのだとすると差が詰まっていることになる。なぜだ？

私はぜいぜいと荒い息をしながら、ほとんど這いずるようにして五条の橋をくぐった。マチルダは七条の橋を越えたところで川面に降り、猛烈な勢いで水を飲んでいた。あいつも、暑いのに違いない。分厚い毛皮を着ているだけになおさらだ。理由は分からないが、どうやら気温が高いのではなく、ゴライアスの副作用か巨大化しているせいのどちらかだと直感的に思った。

自衛隊のヘリは、十分な高さを保って、私とマチルダの中間地点あたりにホバリングしていた。すぐさま攻撃するつもりはないようだ。

まだ避難していなかったらしい人や車が、国道でもある五条の広い通りを東へ西へと逃げていくのが見えた。

ヘリにも注意しながら小さな橋をくぐると、私たちの間にあるのは七条大橋だけになった。

ヘリの爆音のおかげか、マチルダはまだ顔も上げない。

水音を立てないように、足を滑らせるようにして大橋をくぐる。

ぴくんと耳が立ち、マチルダが水面から顔を上げて私を見た。

「遊びの時間は終わりだ」

私は精一杯ドスを利かせて言ったつもりだったが、彼女には効き目がなかったようだった。

威嚇するように立ち上がり、空を向いて吠える。街が震えた。

私は強く握った拳を胸の前で構え、距離を詰めた。

「おとなしくしてれば痛い思いはさせない——」

最後まで言い終える前に、マチルダがすいと目前に迫ったかと思うと左頰に突き刺すような衝撃。飛び出ると同時に前足で素早い右ストレートを放ったのだった。

私はよろけて一歩後ろへ下がった。唇の端から血がたらりと垂れるのを舌で舐め取る。

「ケモノにしてはやるじゃないか。でもボクシングってのはな——」

目にも止まらぬワンツー。

脳味噌が揺さぶられ、気が遠くなる。

目標も定まらぬまま両手を振り回したが、すでにマチルダは素早く後退していて届かない。

すまない、私が間違っていた、お前がチャンピオンだ——そう言おうとした時だった。どこからかひび割れた二谷教授の声が聞こえてきた。

「そうだ！　そのまま動きまわらせるんだ！」

かすむ目で周囲を見回すと、川端に、一台の救急車が止っていてその中から二谷教授がメガホンで呼びかけているのだった。

「教授！」

「小動物ほど体温が高いことは知ってるね？」

「……はあ？」

教授は構わず喚き続ける。

「その体重に比べ表面積が大きいから、熱の発散が激しいのだ。その分エネルギーをどんどん熱に変換しなければ体温が下がってしまう」

何が言いたいのか分からなかった。

「この前計算しただろう？　体積が長さの三乗になるのに比べ、面積は二乗にしかならない。表面積もまた同様だ。君達はどちらも、通常の大きさの時に比べ、熱の発散は十分の一程度に抑えられている。いつもの感覚で暴れていたのでは、もつわけがない。そのカンガルーは体温調節ができなくてもうふらふらだよ」

マチルダがもう熱でふらふららしい、ということだけは理解できたので、私は頭を低く下げ、大声を上げながら突進した。

脳天に杭打ち機を打ち込まれたような衝撃を受け、私はうつぶせに倒れて水の中に顔を突っ込んだ。

——教授のうそつき。

「むう。しぶとい奴だな。しかし心配しなくてもよい。もう少し激しく動き回らせるんだ。必ず自滅する」

マチルダに言葉の意味が分かったはずはないが、メガホンの声が耳障り（みみざわ）だったのか、水面を撫でるように尻尾を一振りすると、救急車をぐらりと揺らすほど大量の水が川端通りを襲った。

「ぶほっ！」という叫び声が聞こえ、教授の姿は水に飲まれて見えなくなる。おそらく大した怪我はしていないだろう。これくらいの罰は受けてくれてもいいのではないか。

「――間違えるな。お前の相手はこっちだ」

別に教授を助けてやる義理もないと思ったが、私はそうマチルダに声をかけた。

マチルダが馬鹿の一つ覚えのように前へ出て顔を狙ってきたので、私は低く身を沈めてそれをかわし、懐に入り込む。

腹の袋――子袋？　育児袋？――の辺りを狙い、低いジャブを続けて打ち込んだ。

ギュウ、という奇妙な鳴き声をあげ、彼女は腹を抱え込む。頭が私の顔よりも下に来たので、両手を組んでその後頭部にハンマーのように振り下ろす。その瞬間、彼女が身を屈めたままぐるんと後ろを向いたので思い切り空振りした。あっと思った時には尻尾が鞭のように足をすくい、私は派手な水しぶきをあげて川床に倒れ込んでいた。

全身水浸しになり、熱で朦朧としかかった頭が少し冷やされる。

――そうだ。あいつだって朦朧としているはずだ。私以上に。

教授の言っていたことの意味がようやく分かってきた。熱を発散する面積が少ないから、気温は低いにもかかわらずこんなにも暑い。水で冷やせば少しは持ちこたえられるかもしれないが、それはマチルダにとっても同じこと。いつまでもここにいれば、純粋な力対力の勝負になるだろう。それは私にとって有利なこととは思えなかった。

水の中にいない方がいい。川の外におびき出すべきだ。私より早くから暴れ回っている彼女は、早晩熱でグロッキーになることだろう。それまで私自身がもつかどうかが問題だが、賭に出るしかない。

私は両手にいっぱい水をすくうと頭から叩きつけるようにかぶり、立ちあがった。マチルダは依然腹を押さえ、尻尾を左右に振りながら恨めしそうに私を睨みつけている。腹は弱点だったのかもしれない。

「マチルダ、こっちだ。こっちへ来い」

私は言いながら、西側の土手に昇った。少々細いが、塩小路通りを京都駅の方へ後ずさる。身体からぼたぼたと水が垂れ、古い民家の屋根や道路を水浸しにしてしまう。

「ほら、こっちに来いよ。来てみろ！」

手を叩き、ひらひらと誘うように手招きをする。

「来ないのか、この臆病者——」

太陽が隠れた。

飛び上がったマチルダが覆(おお)い被(かぶ)さるように落ちてくる。私は咄嗟にしゃがみこんで身体を丸めた。

ずうんという音がしてマチルダが背後に着地したのと同時に、太い尻尾が鞭のように背中を打って、私はアスファルトに顔を叩きつけられた。しかし、もしマチルダの巨体をまともに受け止めていれば、こんなものでは済まなかったろう。

立ち上がろうとするところへマチルダがのしかかってきて、再び押し倒された。短い前足が背中に乗ると、肺の中の空気はすべて押し出される。肋骨が軋み、激痛が走る。獣臭い息がかかるほどの距離に彼女の顔が近づき、火傷しそうに熱い粘液質の唾液がだらりと首筋に垂れかかってきた。

私は声にならない悲鳴をあげて必死ではねのけようとしたが、釣り鐘のようにずっしりとのしかかった巨体はびくともしない。二本の前足が吸血鬼にとどめを刺す杭のようにぎりぎりと食い込んでくる。息も、できない。腹式呼吸を身につけていればよかったと後悔した。

骨の折れる音が、体の中から聞こえてきた。

激痛が背中を突き抜けて心臓へ達する。このとき初めて死を覚悟した。

私たちのどちらも、そもそも存在してはいけないものだったのだ。マチルダが私を殺せば、自衛隊がマチルダを殺すだろう。結局これが一番いい解決なのかもしれない――。

そんなふうな考えが一瞬で頭をよぎり、目を閉じたときだった。

何かの爆発音とともに、鼻を突く火薬の強い臭いがした。

恐怖と苦痛の入り交じったマチルダの鳴き声が聞こえ、のしかかっていた力が消え失せた。

そっと目を開けて首を後ろへ向けると、背中から煙をあげながらマチルダが狂ったように飛び跳ねていた。酔っぱらいのように左右へ動きながら両側のビルにぶつかっている。焦げた毛の周りからは血がどくどくと溢れだして背中全体の毛をどす黒く染めていた。

何が起きたのかしばらく分からず、ぼんやりとそんな姿を見ていた。

マチルダは時折顔を上に向け、ホバリングしているヘリに向かって咆哮（ほうこう）している。横腹の扉が開いているところからすると、あそこから何かをマチルダに向けて撃ったのかもしれない。バズーカ砲か、あるいはロケット弾のようなものを。

マチルダが威嚇するとヘリは高度を上げ、安全な距離を取った。

こらえきれず咳き込むと左胸に激痛が走り、痰のようなものが喉にからんだ。ぺっと吐き出すとそれは痰ではなく、血の固まりだった。折れた骨が肺に刺さって傷つけたのかもしれない。

私は胸をやられ、マチルダは背中をやられている。どちらのダメージが大きいのか、これで力関係がどう変わったのか、それは分からなかった。

しかしいずれにしろこのまま彼女を暴走させないためには、戦い続けるしかなかった。

私は痛みをこらえながらよろよろと立ち上がり、咆哮しているマチルダに近づいた。両手を伸ばして目の前を揺れる尻尾の先を掴（つか）むと、しっかりと右脇に抱え込んだ。びくびくっと尻尾を震わせて逃れようとするが、私は放さなかった。力を込めると血が口の中に溢れてきて気が遠くなる。

歯を食いしばりながら尻尾を手繰り、彼女に近づいていく。マチルダは振り向いて歯を剝き出し、威嚇してみせるが、恐怖と苦痛がその声に滲(にじ)んでいるように聞こえた。私も限界だが、彼女だって限界のはずだ。もう少し。もう少しだけ頑張ってみよう。

再びジャンプを試みようと身を沈めるのが分かった。私は綱引きでもするように尻尾を抱えたまま腰を落とし、指を毛皮に食い込ませる。

悲痛な鳴き声がビルの谷間に響き渡った。

必死の力で尻尾が左右に振られた拍子に、私はずるりと足を滑らせ、目の前にあった十数階建てのビルディングに頭から叩きつけられた。ガラスが吹き飛び、四階部分の壁が剝がれ落ちて中のフロアが剝き出しになる。

こめかみからつつっと何かが垂れるのを感じたが、奇跡的にまだ尻尾を放してはいなかった。

じりっ、じりっ、とマチルダは前へ進み、少し道が開ける。京都駅前のバスターミナルだった。右側には京都タワー。左手には新生あいなった京都駅ビル。

大金がかかっているのに申し訳ないが、ここなら多少壊してもたたりだけはなさそうだ。むしろどちらも京都市民には悪評ふんぷんなだけに、喜ぶ人も多いかもしれない。

駅の南側にはノアズ・アークもあるのだが、高い新生駅ビルに阻(はば)まれて見ることは叶わなかった。

はあはあと荒い息が聞こえた。マチルダだ。マチルダは大きく顎を開き、だらんと舌を垂らして喘いでいる。粘度の高い唾液が、つうっと太く糸を引いて垂れた。

私も限界だった。手の力が緩んだのか、ぐいと振られた尻尾がすっぽ抜け、マチルダはくるりとワルツを踊るように向きを変えた。反射的に手が出て、マチルダの首を殴りつけていた。彼女は弱々しくジャブを繰り出したが届かない。足が止っている今なら、リーチの長い私の方が有利だった。

マチルダは怯えた様子で逃げ場を求め、左右を見渡した。

一瞬決意が鈍ったが、今攻撃の手を緩めればさらにひどいことになる恐れが高い。

――ここで終わりにするのが、お互いのためだ。

私は再び彼女の首を殴った。一番殴りやすい位置にあったのだ。

彼女は戦意を喪失してすごすごと逃げ出そうとしているようだった。背中を丸めて後ろを向き、駅ビルの方を向いて、クオーンと鳴いた。ノアズ・アークにいる仲間を呼んでいるようにも見えた。

もう帰ることはできないかもしれない場所。二度と会えないかもしれない仲間。それは私とて同じことだった。やはり二人とも、ここで死んでしまえばいいのかもしれないと思った。

マチルダが駅ビルに前足をかけ、昇ろうとしているみたいにがりがりと引っ掻き始める。

窓ガラスが割れ、真新しい壁のタイルが剝がれ落ちる。

私は首に手をかけビルから引き剝がそうとしたが、彼女は必死で抵抗する。

再び鳴いた。

「もうやめろ！」

もう一度。

マチルダが伸び上がった時、私は渾身の力を込めて彼女を引き倒した。河津落としのように私とマチルダの巨体がゆっくりと並んで倒れる。身体をひねってマチルダの上になった。

マチルダの身体が轟音とともにバスターミナルの屋根をいくつか押し潰し、数台のタクシーを跳ね飛ばした。

震動で、周囲のガラスというガラスが粉々に弾け飛び、きらきらとした破片がダイヤモンドダストのように降り注ぐ。

突然、足元がぬかるみに変わったかのような感じがした。奇妙な浮遊感に続いて、ずぶずぶとマチルダと私は地面に沈んでゆく。

アスファルトに亀裂が入り、ぐにゃぐにゃと陥没する。

地下街だった。バスターミナルの下一帯は地下街になっていた。地下街の下にはさらに地下鉄がある。マチルダは地下街を突き抜けてさらに地下鉄の構内に仰向けにはまり込んでいた。身動き一つ取れない。

もうもうとした砂埃とガラス片はまだ舞っている。

音は聞こえなかった。鼓膜が破れてしまったのかもしれなかった。

マチルダが口を開いて鳴いたように見えたが、何も聞こえなかった。

げぼっと音を立てて、大量の血を彼女の毛の上に吐き出し、意識が遠ざかるのを感じた。

私は彼女の上に身体を重ね、目を閉じた。血と埃でがさがさになった灰色の体毛の奥に、
マチルダの体温を感じた。手を胸へ滑らせると、激しい——激しすぎる鼓動が伝わってくる。

彼女が生き物だという単純な事実を思い出し、なぜか涙が滲んだ。

——お前は一人じゃない。

私は心の中で語りかけながら、長い眠りに落ちた。

後日談

ワクチンは結局完成しなかった。二谷教授はゴライアスをもう一度作ることさえできなかったのだ。

しかし幸いなことに、野島興業の連中のアジトは突き止められた。大原のさらに奥、人里離れた山の中に丸太で檻を作ってマチルダを育てていたようなのだ。予想以上に巨大化したせいでもてあまし、こわもてのやくざ達も恐れをなして逃げ出した。残されたマチルダはちゃちな檻をやすやすと壊して逃げ出したというわけだった。その檻のそばに建てられたプレハブから、二谷教授の研究資料と一緒にゴライアスも発見された。手首を切って死んでいる助手の野村の死体も。

私の体内からすでにゴライアスは消滅していたため、新たにゴライアスによって遺伝子を元に戻すだけで事は足りた。通常の人間並の大きさに戻るには二週間近くを要したが。本来なら重傷になりかねなかった怪我も、元に戻る頃には全快していた。

私とマチルダが元の大きさに戻るまでの間は、ノアズ・アークの建物を使った。中心部が吹き抜けになっていて広々としていたのが幸いした。ほとんどの動物達は何とかアメリカなどの協力も得て、あちこちに引き取ってもらうことができたのだ。

永井達郎は東京で潜伏しているところを逮捕された。すべての動機は単なる金儲けに過ぎなかった。ゴライアスの効果のほどを知るために小動物やカンガルーで実験をしている段階での、今回の騒動だった。具体的にはどうやって金にするかというアイデアもなかったというのだからお粗末な話だ。

マチルダによる被害は、死者こそ五人と少なかったものの、負傷者は百人以上、建造物、道路や橋などの被害金額は十数億と見積もられている。

二谷教授は警察にも大学にも申し開きをせねばならなかった。刑事訴追は免れたが、大学には辞表を提出した。アメリカの遺伝子産業からの誘いもあるらしく、彼を辞めさせれば頭脳流出に繋がるという意見もあったらしいが、辞表は受理された。教授が今後どうするつもりなのかは明らかにされていない。

私が元の大きさに戻って自宅に帰る時は、恐ろしい騒ぎだった。世界中のマスコミが来たのではないかというほどの報道陣に囲まれ、テレビに映された。新聞の見出しは、『帰ってきたウルトラマン』というのが最も多かった。サインを求める子供の列にも、辛抱強く応対した。

　腹は立たなかったが、嬉しくもなかった。遺伝子を組み替えられてしまった時、私の人生もまた組み替えられてしまったのだと思うしかなかった。いや、本来は車にはねられて死んでいたかもしれない以上、これは二谷教授によって与えられた第二の人生なのかもしれなかった。

　ようやくすべての騒ぎが一段落したように思えたのは、年が明けてからだった。

　一段落してみると、今度は私は実はスターではなく、地元では一種のアンタッチャブルになっていることが判明した。恐らくそれは、たとえ元の大きさに戻ったとしても遺伝子を組み替えたという気持ちの悪い事実には変わりないということと、最終的にはマチルダをおとなしくさせたとはいえ、街に多大な被害を私自身も及ぼしたという二点にあるのではないかと思う。

　呆れたのは「探偵互助協会」だった。着払いで送りつけてきた荷物の中身はがらくたみたいな「七つ道具」で、亮子が立て替えて払ってしまった上にクーリングオフの期限もとっくに過ぎていたため、私は泣く泣く亮子に金を返す羽目になった。その上私が有名になったと知るやいなや、「あの人も大満足」と勝手にチラシを刷る始末。巨大なままなら事務所を見つけて踏みつぶしてやりたいところだが、泣き寝入りするしかなかった。がらくたは箱に詰めたまま、事務所の隅に放ってある。

事務所は休業状態だったが、電話は鳴りっぱなしだった。いちいち断るのも面倒くさいので、番号を変えてしまった。また再開することがあれば告知を出せばいいだろうと思った。一月から隣の空室も合せて借りることにし、二谷久美子や咲にも手伝ってもらって中の模様替えをした。子供が触ってもやけどしない外国製のオイルヒーターを入れ、草色の絨毯を敷き詰めた。カーテンは明るい緑。家賃のことを考えると気分が暗くなったが、仕事を再開し始めさえすれば何とかなるのではないかと気楽に考えることにした。

一月七日には雪が降った。アスファルトに落ちてはすぐとけるような雪だったが、それだけに寒さもまたひとしおだった。

私は事件以来、サングラスを欠かさない。黒いコートに身を包み、やくざのようなスタイルで朝早く事務所に着いた。コートを脱ぐと、隣に入ってヒーターのスイッチを入れる。窓の前に佇んで、部屋が暖まるのを待った。

静かに雪が舞い落ちるのを見ていると、ほんの二ヵ月前怪物が——二匹の怪物が暴れまわった街だとは思えなかった。きっとすぐに何もかも元に戻るだろう、そう思うとだいぶ気が楽になった。

部屋の温度は二十八度。多分、これでちょうどいいだろう。

私は踵（きびす）を返して部屋を出て、犬猫病院の扉の前に立った。

私の様子を窺っていたのだろう、亮子が扉を中からさっと開ける。私は軽く頭だけ下げて中へ入った。待合室の椅子でスポーツ新聞を読んでいた沢田が、顔を上げる。隣に座っていた咲はぴょこんと勢いよく立ち上がる。サムは連れていない。連れてこない方がいいと沢田が言ったのだろう。

沢田は新聞を適当に畳んで椅子の上に放り出すと立ち上がり、親指を立ててついてくるように指示する。

入院用の檻が並んだ部屋の扉を沢田が開けると、犬や猫が一斉にきゃんきゃんにゃーにゃーと喚（わめ）き出す。喜んでいるようにも抗議しているようにも聞こえた。沢田は脇にのいて私に入るよう促した。続いて入ろうとした咲を沢田はやんわりと制止した。

私は両側に檻が並んだ細い通路のような部屋を奥へ進み、突き当たりにある特大の檻に向かった。近づくにつれ、他のものは何も目に入らなくなる。マチルダとジュニアは身体を寄せあって眠っていたようだが、ふっと顔を上げてそのガラス玉のような目で同時に私の方を見つめ、きょとんとした表情を見せる。

その扉には掛け金だけで南京錠はかかっていなかったので、私はそれをひねってはずす。

「――おいで」

私は呟くように言って、檻の扉を大きく開けた。

あとがき

学生時代に書いた原型があったにもかかわらず、この短い作品を書き上げるのに、予想外に長い時間がかかってしまいました。おかげで担当の鈴木宣幸氏には多大なご迷惑をおかけすることになりました。つつしんでお詫び申し上げます。

去年は新刊が出ませんでしたが、今年は、はじめてマンガ原作をした『半熟探偵団（1）』（画・河内実加　秋田書店）、『死神になった少年』（集英社Jブックス）と、結構普通の小説読者には目につきにくい二冊がすでに出ています。短編集も集英社からもうすぐ出る予定ですし、うまくいけば書き下ろし長編も……というわけで今年はわりとたくさん本が出ますのでよろしくお願いします。

一方、インターネットで日記を書き始めて、はや二年。結構な量の「近況報告」が溜まっていますので、読める環境にある方は『我孫子飯店』（http://web.kyoto-inet.or.jp/people/abiko）をどうぞ。

では、また近いうちに。

一九九七年六月

我孫子武丸

●文庫版あとがき

ついこの間出したばかりだと思っていたのにもう文庫ですか。時の経つのは年々早くなりますなあ。……そういう問題じゃない？

実は、ご存じの方はご存じでしょうが、昨年11月より、井上夢人氏、笠井潔氏と組んで電子出版サイト、e-NOVELS（http://www.e-novels.net/）というのを始めております。まして、今までにもまして、本来の仕事のペースが落ちていたりなんかしています。徐々に軌道に乗りつつありますので、そうなれば新作長編も何とかお目見えするのではないかと思いますです、はい。

長編、ではないのですが、このe-NOVELSと関連して、新作を書きました。『狩人は都を駆ける』という作品です。それが何を隠そう、本書の探偵の後日譚ならぬ前日譚なのです（本書にも実はその伏線？　が張ってあるので、両方読んだ方は探してみてください）。パソコン雑誌『週刊アスキー』とe-NOVELSでの同時連載という珍しい形ですので、パソコンにもインターネットにも興味のない方は見かけることがないでしょうが、紙の本としてまとめることは当分予定にありませんから、本書を読んでキャラクターを気に入っていただけた方は、機会を見つけて手に取って……いや、手に取れないか……まあとにかく見てやってください。古いパソコンやワープロなどではサイトそのものも、小説も読むことができませんのでお気をつけください。

パソコンで小説なんて読めるか、というご意見が多いのではないかと思いますが、無料でダウンロードできるサンプル作品もいくつか用意されていますので、騙されたと思って一度ご覧になってみてください。ぼくの『狩人は都を駆ける』の第一回も無料で読めます。表紙には本書と同様、いしかわじゅん先生のイラストがあり、中身は厳選したフォントで驚くほど読みやすいものに仕上がっているはず。オンラインでの決済や不正コピー問題、ハードウエア、ソフトウェア、インフラといった面もこれから少しずつ改善していくはずですし、大手出版社もこぞって電子出版に名乗りをあげている現在、パソコンで本を読むことが当たり前の時代はすぐそこまで来ているのかもしれません。

そういった真面目な考察を含めたe－NOVELS運営の苦労話等は週刊連載の無料エッセイ『e－NOVELSへの道！』で読めますので、小説を読む気がなくてもぜひ一度お越しください。

ぼく自身のホームページ、我孫子飯店（http://web.kyoto-inet.or.jp/people/abiko/）も相変わらず営業？しておりますので、あわせてよろしく。

二〇〇〇年五月　　我孫子武丸

本書は一九九七年七月、講談社ノベルスとして刊行されたものです。

|著者|我孫子武丸　1962年兵庫県西宮市生まれ。京都大学文学部哲学科中退。1989年講談社ノベルス『8の殺人』で鮮烈デビュー。『探偵映画』『人形は遠足で推理する』『殺戮にいたる病』(以上、講談社文庫)、『小説たけまる増刊号』(集英社) 等、著書多数。

講談社文庫
定価はカバーに
表示してあります

ディプロトドンティア・マクロプス

我孫子武丸（あびこたけまる）

2000年6月15日第1刷発行

発行者——野間佐和子
発行所——株式会社 講談社
東京都文京区音羽2-12-21　〒112-8001
電話 出版部 (03) 5395-3510
　　 販売部 (03) 5395-3626
　　 製作部 (03) 5395-3615

Printed in Japan

デザイン—菊地信義
製版——大日本印刷株式会社
印刷——豊国印刷株式会社
製本——株式会社大進堂

落丁本・乱丁本は小社書籍製作部あてにお送りください。送料は小社負担にてお取替えします。なお、この本の内容についてのお問い合わせは文庫出版部あてにお願いいたします。（庫）

ISBN4-06-264889-X

講談社文庫刊行の辞

二十一世紀の到来を目睫に望みながら、われわれはいま、人類史上かつて例を見ない巨大な転換期をむかえようとしている。

世界も、日本も、激動の予兆に対する期待とおののきを内に蔵して、未知の時代に歩み入ろうとしている。このときにあたり、創業の人野間清治の「ナショナル・エデュケイター」への志を現代に甦らせようと意図して、われわれはここに古今の文芸作品はいうまでもなく、ひろく人文・社会・自然の諸科学から東西の名著を網羅する、新しい綜合文庫の発刊を決意した。

激動の転換期はまた断絶の時代である。われわれは戦後二十五年間の出版文化のありかたへの深い反省をこめて、この断絶の時代にあえて人間的な持続を求めようとする。いたずらに浮薄な商業主義のあだ花を追い求めることなく、長期にわたって良書に生命をあたえようとつとめるところにしか、今後の出版文化の真の繁栄はあり得ないと信じるからである。

同時にわれわれはこの綜合文庫の刊行を通じて、人文・社会・自然の諸科学が、結局人間の学にほかならないことを立証しようと願っている。かつて知識とは、「汝自身を知る」ことにつきていた。現代社会の瑣末な情報の氾濫のなかから、力強い知識の源泉を掘り起し、技術文明のただなかに、生きた人間の姿を復活させること。それこそわれわれの切なる希求である。

われわれは権威に盲従せず、俗流に媚びることなく、渾然一体となって日本の「草の根」をかたちづくる若く新しい世代の人々に、心をこめてこの新しい綜合文庫をおくり届けたい。それは知識の泉であるとともに感受性のふるさとであり、もっとも有機的に組織され、社会に開かれた万人のための大学をめざしている。大方の支援と協力を衷心より切望してやまない。

一九七一年七月

野間省一

芥川龍之介 羅生門・偸盗・地獄変・往生絵巻
有吉佐和子 和宮様御留
阿川弘之 大ぼけ小ぼけ
阿川弘之 女王陛下の阿房船
阿川弘之 七十の手習ひ
阿刀田高 冷蔵庫より愛をこめて
阿刀田高 江戸禁断らいぶらりぃ
阿刀田高 ナポレオン狂
阿刀田高 食べられた男
阿刀田高 ブラック・ジョーク大全
阿刀田高 壜詰(びんづめ)の恋
阿刀田高 マッチ箱の人生
阿刀田高 最期のメッセージ
阿刀田高 ガラスの肖像
阿刀田高 危険信号
阿刀田高 猫の事件
阿刀田高 風物語
阿刀田高 迷い道
阿刀田高 真夜中の料理人

阿刀田高 時のカフェテラス
阿刀田高 妖しいクレヨン箱
阿刀田高 霧のレクイエム
阿刀田高 Vの悲劇
阿刀田高 猫を数えて
阿刀田高 奇妙な昼さがり
阿刀田高 好奇心紀行
阿刀田高 新トロイア物語
阿刀田高 新諸国奇談
阿刀田高編 ショートショートの広場10
荒巻義雄 「新説邪馬台国の謎」殺人事件
荒巻義雄 「能登モーゼ伝説」殺人事件
安房直子 ハンカチの上の花畑
安房直子 南の島の魔法の話
安房直子 だれにも見えないベランダ
安房直子 夢の果て
あまんきみこ ふしぎなオルゴール
相沢忠洋 「岩宿」の発見〈幻の旧石器を求めて〉
鮎川哲也 りら荘事件

安西篤子 歴史を彩った悪女、才女、賢女
安西篤子 龍を見た女
安西篤子 恋に散りぬ
安西篤子 「今昔物語」を旅しよう〈古典を歩く6〉
赤川次郎 真夜中のための組曲
赤川次郎 東西南北殺人事件
赤川次郎 起承転結殺人事件
赤川次郎 三姉妹探偵団
赤川次郎 三姉妹探偵団2〈キャンパス篇〉
赤川次郎 三姉妹探偵団3〈珠美・初恋篇〉
赤川次郎 三姉妹探偵団4〈怪奇篇〉
赤川次郎 三姉妹探偵団5〈復讐篇〉
赤川次郎 三姉妹探偵団6〈危機一髪篇〉
赤川次郎 三姉妹探偵団7〈駆け落ち篇〉
赤川次郎 三姉妹探偵団8〈人質篇〉
赤川次郎 三姉妹探偵団9〈青ひげ篇〉
赤川次郎 三姉妹探偵団10〈父恋し篇〉
赤川次郎 三姉妹探偵団11〈死が小径をやってくる〉
赤川次郎 死神のお気に入り〈三姉妹探偵団12〉

講談社文庫　目録

阿部牧郎　出口なき欲望
阿部牧郎　雨の夜の秘密
阿部牧郎　惑いの年
阿部牧郎　盗まれた抱擁
嵐山光三郎　同窓会奇談
嵐山光三郎　素人庖丁記
嵐山光三郎　素人庖丁記〈カツ丼の道篇〉
嵐山光三郎　素人庖丁記・海賊の宴会
嵐山光三郎　素人庖丁記・ごはんの力
嵐山光三郎　自宅の妾宅
安部譲二　ぼくのムショ修業
安部譲二　ジェット・ストリーム
安部譲二　泣きぼくろ
安部譲二　俺達は天使（カタギ）じゃない
安部譲二　時速十四ノット、東へ
安部譲二　囚人道路
安西水丸・絵　小玉節郎・文　水玉大全集
相部和男　こんな親が問題児をつくる〈一万人の非行相談から〉
綾辻行人　十角館の殺人
綾辻行人　水車館の殺人
綾辻行人　迷路館の殺人
綾辻行人　人形館の殺人
綾辻行人　時計館の殺人
綾辻行人　黒猫館の殺人
綾辻行人　緋色の囁き
綾辻行人　暗闇の囁き
綾辻行人　アヤツジ・ユキト　1987—1995
阿井渉介　Y列車の悲劇
阿井渉介　赤い列車の悲劇
阿井渉介　銀河列車の悲しみ
阿井渉介　虹列車の悲劇
阿井渉介　黒い列車の悲劇
阿井渉介　まだらの蛇の殺人〈警視庁捜査一課事件簿〉
阿井渉介　風神雷神の殺人〈警視庁捜査一課事件簿〉
我孫子武丸　8の殺人
我孫子武丸　0の殺人
我孫子武丸　メビウスの殺人
我孫子武丸　探偵映画
我孫子武丸　人形はこたつで推理する
我孫子武丸　人形は遠足で推理する
我孫子武丸　人形は眠れない
我孫子武丸　殺戮にいたる病
我孫子武丸　ディプロトドンティア・マクロプス
赤瀬川原平　少年とグルメ
阿部陽一　フェニックスの弔鐘
有栖川有栖　マジックミラー
有栖川有栖　46番目の密室
有栖川有栖　ロシア紅茶の謎
有栖川有栖　スウェーデン館の謎
有栖川有栖　ブラジル蝶の謎
有栖川有栖　英国庭園の謎
明石散人　佐々木幹雄　東洲斎写楽はもういない
明石散人　二人の天魔王〈「信長」の真実〉
明石散人　龍安寺石庭の謎〈スペース・ガーデン〉
明石散人　ジェームス・ディーンの向こうに日本が視える
明石散人　謎ジパング〈誰も知らない日本史〉
明石散人　アカシックファイル〈日本の「謎」を解く!〉

講談社文庫　目録

2000年6月15日現在